KB032945

비츄 현대 판타지 장편소설
WISHBOOKS MODERN FANTASY STORY

레벨업 어게인
LEVELUP
AGAIN

4

비츄 현대 판타지 장편소설

초판 1쇄 찍은 날 | 2017년 3월 8일
초판 1쇄 펴낸 날 | 2017년 3월 15일

지은이 | 비츄
펴낸이 | 예경원

기획 | 위시북스
편집책임 | 박우진
편집 | 이즈플러스

펴낸곳 | 예원북스
등록번호 | 제396-2012-000132호
등록일자 | 2012. 7. 25
KFN | 제1-079호

주소 | 경기도 고양시 일산동구 호수로 646-24 위너스21II빌딩 206A호 (우)10401
전화 | 031-819-9431 팩스 | 031-817-9432
E-mail | yewonbooks@naver.com

ISBN 979-11-6098-119-3 04810
      979-11-5845-304-6 (set)

비츄 현대 판타지 장편소설
WISHBOOKS MODERN FANTASY STORY

레벨업 어게인

LEVEL UP AGAIN

4

Wish Books

CONTENTS

1장
넌 내게 모욕감을 줬다

얼라이브 던전과 앱노멀 던전은 밀접한 관련이 있다. 얼라이브 던전은 생존이 클리어 조건인 던전을 말한다. 여기에는 부가적인 요소들이 작용하기도 한다.

이를테면 단 한 명만이, 혹은 두 명이 살아남는 것이 클리어 조건인 경우가 있다. 혹은 전원이 생존해야만 하는 경우가 있고.

"물론 보통의 경우는 전원 생존을 클리어 조건으로 합니다. 대부분의 경우가 그렇습니다."

서지석이 잠시 눈을 감고서 말했다.

"대부분이 그렇다 함은……."

아닌 경우도 있다는 소리다. 운 나쁘게 반대의 경우라면,

그땐 얘기가 달라진다. 신희현이 고개를 끄덕였다.

"일부 인원 생존이 클리어 조건일 수도 있겠죠."

"……."

잠시 침묵이 감돌았다. 신희현은 주위를 한번 둘러봤다. 이러한 던전이 흔한 형태는 아니지만 그렇다고 또 아주 없는 던전도 아니다. 처음에는 이토록 당황할 수밖에 없다. 신희현도 처음에는 그랬다.

'아탄티아 던전이 얼라이브 던전이었지.'

극악한 난이도를 자랑했던 아탄티아 던전이 바로 얼라이브 던전이었다. 길잡이 홍경식이 수많은 플레이어를 죽음으로 몰아넣었던 그 던전 말이다.

"그리고 앱노멀 던전은 얼라이브 던전의 변형판이라고 생각하면 편합니다."

"……."

"결론부터 말씀드리면 앱노멀 던전은 클리어 방법이 없는 던전입니다."

신희아가 깜짝 놀랐다.

"그게 무슨 소리야? 클리어 방법이 없다니?"

"더 정확하게 말하자면…… 일반적인 방법으로는 클리어가 불가능한 던전이라는 거지."

일반적인 방법, 통상적인 방법이 통하지 않는 던전, 그래서 대부분의 경우 클리어하지 못하는 던전. 그걸 통틀어서 앱노멀 던전이라고 부른다.

"그러나 클리어할 수 없는 던전은 없습니다. 그건 확실합니다."

어떻게든 방법을 찾으면 클리어할 수 있다. 결국 최후의 던전까지 갔고 클리어했었다.

신희현이 말했다.

"조금만 더…… 주위를 둘러보죠. 단서가 있을 수 있으니."

신희현이 다시 한번 주위를 샅샅이 돌았다. 섬은 무인도였고 별거 없었다.

'생존에 필요한 물자는 확보되어 있는 상태야.'

얼라이브 던전일 확률이 높다.

"평균적으로 3일 정도 시간을 보내고 나면 자세한 클리어 조건이 나타나게 마련입니다."

보통은 그렇다.

3일이 흘렀다.

하지만 아무런 반응도 없었다.

4일이 지났다.

또 5일이 지났다.

플레이어들은 초조해하기 시작했다.

신희현이 강민영의 어깨를 살짝 감싸 안았다.

"많이 초조하지?"

사실상 던전 안에서 10일 내외로 보내는 건 그리 어려운 일이 아니다. 그러나 이들은 이런 경험이 별로 없다. 신희현은 그걸 안다. 처음에는 다들 무섭고 초조한 법이다.

신희현은 강민영을 쳐다봤다.

'얼마나 초조할까.'

과거의 자신을 떠올려 봤다. 이런 곳에 이렇게 떨어져 있으면 불안하다. 그것도 아주 많이 그렇다.

신희현의 한쪽 품에 쏙 안긴 강민영은 신희현을 올려다봤다.

"응?"

"이런 곳에서 실마리도 없이 있는 거, 무섭잖아."

강민영이 고개를 갸웃했다.

"나는 아무렇지도 않은데……?"

"……응?"

"재미있어."

"아…….."

……물론 예외는 있다. 강민영은 실제로 아무렇지도 않았다. 이 시간이 오히려 재미있었다. 역시 적성에 딱이다.

"……그래."

"클리어 조건이 뭔지는 모르겠지만 클리어 욕구가 마구마구 피어오르긴 해."

"……그래."

"왜? 오빠 표정이 조금 이상한데?"

"아무것도 아냐."

통조림의 수량을 살펴봤다. 인원이 8명이나 모여 있다 보니 금세 다 먹었다.

"일단 큰입연어를 좀 더 잡아 오는 것이 좋겠네요."

그때, 한 가지 사실이 떠올랐다.

신희현은 큰입연어 사냥을 잠시 뒤로 미뤘다. 혼자서 잠시 생각을 가졌다.

'아.'

세상에는 수중 던전도 존재한다. 수중 던전은 플레이어들이 매우 기피하는 형태의 던전이다. 물속에서 클리어를 진행해야 하는데, 그러려면 제약이 매우 많다. 불 계열의 공격을 사용하는 플레이어들은 그 능력이 대폭 감소하는 데다가 움직임 자체가 어렵다.

플레이어가 물속으로 들어가서 자유로이 움직이려면 '아쿠아 볼'이라는 것을 섭취해야 한다. 물론, 육지처럼 자유롭게 움직이지는 못한다. 모든 능력치가 감소한다.

그 던전의 이름은 '티어 던전'. 티어 던전은 수중 던전 중에서도 가장 유명했던 던전이었는데, 그 이유는 최초의 수중 보스 몬스터인 '메르갈' 때문이었다. 크기가 무려 10미터에 이르는 수중 몬스터이며 메기를 닮았다.

'메르갈.'

메기 형태의 보스 몬스터.

'그 주변에는 놈의 부하가 꽤 많았었지.'

그 메기 형태의 보스 몹은 덩치만큼이나 입이 굉장히 컸었다. 입 큰 놈들을 좋아하는지는 몰라도.

'그 당시 티어 던전에서도 큰입연어가 많았다고 했어.'

확인해 볼 필요는 있었다.

'이 정도 규모의 호수면 그런 놈이 있다고 해도 이상한 건 아냐.'

티어 던전에 들어가 보지 않아서 모르겠다. 하지만 이 정도 규모의 호수면 그런 몬스터가 있다고 해도 이상하진 않았다. 그런데 또 그놈이 실제로 있다 하더라도 문제는 남아 있었다.

'지금은 하급 아쿠아 볼도 없지.'

아쿠아 볼이 없다. 상급은 바라지도 않는다. 하급 아쿠아 볼이라도 있으면 좋겠는데 그것도 없다.

강민영이 물었다.

"오빠, 무슨 생각을 그렇게 해?"

"저 호수 밑에 커다란 놈이 있을 확률이 꽤 있거든."

"호수 밑에? 몬스터가? 큰입연어 말고?"

과거, 퓨리어스가 보상으로 주어졌던 프롤리아 던전은 생존자가 단 한 명이었었다.

'생존자가 단 한 명 남는 것이 클리어 조건인 얼라이브형 던전일 가능성도 배제할 수 없어.'

하지만 그럴 수도 없었다. 여기에는 가족이 있고 애인이 있다. 다른 플레이어들은 그렇다 치더라도 그렇게 할 수는 없는 법이다.

"어, 있다면 아마도 굉장히 깊은 곳에 있을 거야."

박승희가 그 말에 굉장히 반색했다.

"어, 정말요? 보스 몬스터인가요?"

"있을 수도 있다는 얘기죠."

모른다. 하지만 시도는 해볼 수 있을 거다.

"어떻게 해야 하죠?"

"제가 예상하기로는 특별한 놈이 있을 겁니다. 큰입연어들을 물의 상층부로 쫓아낼 수 있는 힘을 가진 놈이."

"······그러면?"

서지석은 신희현을 쳐다봤다. 역시 저 플레이어는 뭔가 다르다.

'저런 사실을 어떻게 안 거지?'

가능성을 얘기하고 있는 것이지만, 왠지 저 안에는 실제로 뭔가가 있을 것 같다는 생각이 들었다.

"큰입연어를 부하로 부리는 놈이 하나 있습니다. 이름은 메르갈. 메기 형태의 몬스터이며 몸길이가 10미터가 넘습니다. 큰 입으로 먹이를 한 번에 삼켜 버리는 것이 특성입니다. 입가에 보면 두 개의 기다란 촉수 같은 것이 뻗어 나와 있는데 이것은 먹잇감을 스턴 상태에 빠져들게 합니다."

"······."

플레이어들이 신희현을 쳐다봤다. 강민영을 비롯한 원래의 파티는 이런 것에 익숙하지만 다른 플레이어들은 아니다.

서지석이 물었다.

"그런 사실을 어떻게 아신 겁니까?"

"오다가다 들었습니다."

"······."

저게 무슨 개소리란 말인가. 오다가다 들었다니.

"그렇다면 지금까지 푸신 공략 전부······."

"대부분 오다가다 들었습니다."

"……."

여태까지 들었던 말들 중 제일 황당하다. 오다가다 들은 공략으로 플레이어들이 저 사람을 지금 빛의 성웅이라 칭송하고 있지 않은가.

서지석은 납득했다.

'출처를 밝히기 싫은 모양이다.'

신희현은 피식 웃었다. 서지석의 심리 상태를 알긴 안다. 하지만 거짓말이 아니다. 실제로 오다가다 들었다. 그는 수중 던전 티어에 들어가 본 적이 없다. 소문으로만 들었을 뿐이니까.

그가 푼 공략들도 마찬가지다. 신희현이 경험해 본 것들도 있지만 경험해 보지 못한 것들도 있다. 그래서 '대부분 오다가다 들었다'라고 표현했다. 거짓말은 안 했다.

"문제는 저희가 안으로 들어갈 방법이 없다는 거죠."

몬스터가 득실거리는 호수 안으로 잠수해서 들어간다?

그리고 보스 몬스터와 싸운다?

자살하러 가겠다는 얘기다.

그렇다면 남은 방법은 놈을 육지 위로 끌어올리는 거다.

"놈은 살아 있는 육지 동물을 굉장히 좋아합니다. 동물의 범주에는 사람을 포함합니다."

강유석이 상황을 제대로 파악했다.

"누군가가 미끼가 되어야 한다는 소리군요. 한입에 삼키는 것을 즐기는 몬스터를 상대로."

"그렇습니다."

신희현이 강유석을 쳐다봤다. 그런데 강유석이 이상한 말을 했다.

"그렇다면 제가 미끼가 되겠습니다."

"네?"

"저는 물의 정령을 다룹니다. 이곳에 계신 누구보다도 물속에서 자유롭습니다. 물에 대한 친화력이 높거든요."

"……."

그렇다고는 해도 육지에서만큼 자유로울 수 있을 리 없다. 신희현이 보기에 강유석은 그 정도 경지에 오르지 못했다. 그래도 얘기는 들어보기로 했다.

이런 얘기, 과거 폭군 강유석이라면 하지 않았을 텐데.

"누군가 해야 한다면 제가 하는 것이 맞다고 생각합니다. 생존 확률이 가장 높은 사람이요. 제가 하겠습니다. 어떻게 하면 되죠?"

신희현은 강유석에게서 눈을 떼지 못했다.

'처음의 강유석이다.'

열정이 있고 꿈이 있던 그 강유석. 폭군으로 변하기 전의 그 강유석의 모습이었다. 적어도 지금은 그랬다.

"……."

다들 침묵을 지켰다. 그사이 강유석은 자신이 하겠다며 또 나섰다. 신희현이 고개를 저었다.

"더 좋은 생각이 있습니다."

신희현은 라비트를 소환했다.

"주인, 뭔가 오랜만에 보는 것 같은 기분이 드는 것 같소. 인사 올리오. 대공 라비트요."

"라비트."

신희현은 교감을 사용하지 않았다. 교감을 쓰면 너무 많은 정보가 들어갈 것 같다.

"라비트, 네가 그렇게 수영을 잘한다는 소문이 있던데."

라비트의 털이 바짝 섰다. 기분 좋을 때 나타나는 행동이다.

"그 소문이 벌써 주인에게까지 들어갔소?"

"그래, 엄청나다던데."

"과찬이오."

라비트는 별로 겸손하지 않았다. 어깨를 쭉 폈다.

"다만, 내가 검의 길을 걷지 않았다면 어쩌면 수영 선수가 되었을지도 모르오."

"너처럼 대단한 소환 영령을 둔 내가…… 정말 자랑스럽다."

라비트는 음하핫 하고 크게 웃었다. 그의 털이 삐죽삐죽 솟아올랐다. 엘렌은 한숨을 내쉬었다.

'이제 양평 치즈 스페셜 에디션을 보여주실 참인가.'

이름이 거창해서 그렇지 별거 아니다. 양평 치즈의 한 공장에서 일하고 있는 공장장이 직접 만든 자연 발효 치즈.

워낙 소량이라 판매하지는 않고 있는데 하여튼 그걸 '양평 치즈 스페셜 에디션'이라고 한다. 라비트에게는 그렇게 설명됐다.

신희현은 그제야 교감을 사용했다. 교감을 통해 신희현을 생각을 읽은 라비트의 윗니와 아랫니가 딱! 딱! 소리를 내며 부딪쳤다.

"저, 전혀 두렵지 않소, 나는. 위, 위대한 라, 라비트 대공이오."

"역시 내 소환 영령은 대단해."

신희현은 양평 치즈 스페셜 에디션을 건넸다.

"나는 나의 임무를…… 목숨을 걸고 완수해 내겠소. 이 양평 치즈 스페셜 에디션을 먹고 죽는다면 죽어도 여한이 없을 것이오."

그래서 시작됐다. 라비트를 미끼로 한 메르갈 낚시가 말이다. 강유석도 소매를 걷어붙이고 나섰다.

"제가 돕겠습니다."

스킬명을 말했다.

"영역 선포."

라비트의 몸 주위에 영역을 선포했다.

"물속에서 숨을 쉴 수 있도록 도와줄 수 있을 겁니다."

상대적으로 작은 크기였지만 움직이는 물체인지라 집중을
필요로 했다.

신희현을 강유석을 힐끗 쳐다봤다.

역시. 천부적인 재능이라고밖에는 설명할 길이 없었다. 라
비트는 눈에 보이지도 않는 상태. 그러한 상황에서 라비트의
몸에 영역 선포를 걸었다.

"루시아 소환."

신희현은 루시아를 소환했다. 아무 대책 없이 라비트만 안
으로 집어넣은 게 아니다.

"교감 커넥션."

[스킬, 교감 커넥션을 사용합니다.]

"마틴 소환."

마틴도 소환했다. 마틴과 루시아는 신희현의 생각을 읽었다.

"알겠습니다!"

"알겠습니다, 오빠."

본격적인 낚시가 시작되었다. 이 순간, 서지석은 또 하나의 정보를 얻었다. 교감 커넥션이라고 했다.

'교감 커넥션……?'

교감 커넥션.

신희현 스스로가 평가하기로 현재 익히고 있는 스킬 중에서 가장 뛰어난 효용성을 가진 스킬이다.

플레이어들이 파티를 이루는 이유는 간단하다. 던전 클리어 혹은 몬스터 사냥 시에 훨씬 유리하기 때문이다.

각 클래스의 플레이어가 모이면 그만큼 시너지 효과가 발휘된다. 이른바 1+1=3 이상의 효과가 나타나는 것이다.

신희현의 교감 커넥션이 그와 비슷하다고 보면 됐다.

신희현은 현재 탱커인 마틴, 원거리 딜러 루시아, 근거리 딜러 라비트-사실 물주에 더 가깝지만-, 강력한 한 방의 칸드, 그리고 최근에 얻은 원더를 소환할 수 있다.

신희현은 교감을 통해 그들의 생각을 받아들이고 그들에게 명령을 전달한다. 교감 커넥션은 그 교감의 상위 단계 스킬이다. 신희현을 매개체로 하여 다른 소환 영령들을 이어준다.

마틴이 손바닥을 위로 하여 손을 머리 위에 얹었다.

"오오케이! 준비 완료!"

루시아가 하늘로 뛰어올랐다. 그리고 다시 떨어져 내렸다.

마틴의 손바닥을 향해서.

"갑니다, 누님!"

마틴은 말을 할 필요도 없다. 루시아와 생각이 이어져 있기 때문이다.

"발사!"

루시아가 높이 점프함과 동시에 마틴이 루시아를 힘껏 밀었다. 서지석은 그 모습을 확실히 봤다.

'엄청난 수준의 팀워크다.'

교감 커넥션이라는 스킬명을 듣기는 했으나 그것 때문이라고는 생각하지 못했다. 루시아와 마틴은 교감 커넥션을 통해 한 치의 오차도 없이 신희현의 명령을 이행했다.

루시아는 공중에 높이 떴다. 루시아의 신체 능력에 마틴의 도움이 더해졌다. 그 높이가 10미터가 넘었다.

루시아는 권총 두 자루를 로딩했다.

"공격합니다."

물속을 향해 난사했다.

탕! 탕! 탕! 탕!

결코 가볍지 않은 총성이 터져 나왔고 총탄에 얻어맞은 수면이 물보라를 분수처럼 뿜어냈다.

박승희가 입을 살짝 벌렸다.

"세, 세상에……."

루시아는 마치 물속을 훤히 들여다보고 있기라도 한 듯했다. 호수가 붉게 물들기 시작했다.

신희현이 말했다.

"엘렌, 날아."

엘렌도 지체 없이 날았다. 엘렌은 교감 커넥션으로 이어져 있지 않다. 하지만 신희현이 말하는 게 무엇인지 그녀는 정확하게 알고 있었다.

루시아가 엘렌의 등을 다시 한번 밟고 뛰어올랐다. 반동 때문에 엘렌이 땅에 떨어져 내렸고 육중한 어린이 마틴이 그녀를 받아 들었다.

다시 한번 하늘로 도약한 루시아가 총탄을 퍼부었다.

라비트는 열심히 헤엄쳤다.

"이것 참, 아주 신기하오."

물속에서 말을 할 수 있다. 게다가 아주 자유롭지는 않지만 숨도 쉴 수 있다.

"물의 정령사는 아주 신비한 힘을 가졌소."

애초에 레이피어는 꺼내 들지도 않았다. 자신을 향해 달려드는 큰입연어들은.

"그러게 왜 달려들고 그러시오. 혼쭐이 날 텐데."

총알받이가 되어 몸에 구멍이 숭숭 뚫렸다. 상황이 그쯤 되자 큰입연어들은 라비트에게 다가가지 못했다.

신희현은 라비트의 눈을 통해 물속 상황을 정확하게 파악했다.

'라비트, 더 깊이 들어가는 게 가능하겠어?'

'이보다 깊은 곳은 큰입연어가 없소. 조용하오.'

물속은 신기했다. 굉장히 밝았다.

'나는 자맥질의 고수요. 운신도 편하오. 더 들어갈 수 있소.'

신희현은 씨익 웃었다. 주변에 몬스터가 없다. 얕은 곳에 큰입연어들이 득실대는 것으로 보면 깊은 곳은 큰입연어의 서식처가 아니라는 소리다.

라비트가 더 깊이 들어갔다. 한편, 강유석의 등에서 식은 땀이 흘러나왔다. 라비트가 멀어지면 멀어질수록 영역 선포를 운용하는 것이 쉽지 않았다.

강유석이 말했다.

"더 이상은 무리인 것 같습니다."

신희현도 고개를 끄덕였다. 낚시질 한 번에 놈이 나타날 거라고는 생각하지 않았다. 이 넓은 호수 어디에 있는지도 모르겠고.

'라비트, 앞으로 영역 선포는 불가능해. 얼마나 더 잠수가

가능하겠어?'

'아직도 5분은 끄떡없소.'

'올라오는 것도 생각해서.'

'……'

라비트는 순간 당황했다. 자맥질의 고수라는 것에 심취한 나머지 올라가는 걸 생각 안 했다.

'역소환하면 되지 않소?'

'그러면 놈을 못 잡아.'

시간이 흘렀다. 라비트가 물 위로 고개를 내밀었다. 엄지 손가락을 척 내밀었다.

"천둥여자, 서포트 멋졌소. 마틴 동생도 수고했소. 소득이 없는 게 아쉽군."

몇 번을 더 시도했다. 라비트는 그때마다 만족했다. 양평 치즈 스페셜 에디션. 그는 그것을 먹고 아주 행복해했다. 남는 장사라고 생각했다.

라비트는 물속에서 얼굴만 내민 채 양평 치즈 스페셜 에디션을 오물거리면서 맛있게 먹었다.

서지석이 말했다.

"정말로 밑에 몬스터가 있는 겁니까?"

"있습니다."

박승희도 고개를 갸웃했다.

"이쯤 되면 나올 법도 한데…… 원래 이렇게 안 나오는 몬스터인가요?"

"앱노멀 던전은 원래 깰 수 없는 던전입니다."

신희현은 이곳을 앱노멀 던전으로 단정했다. 단순히 생존이 목표가 아니다. 단 1명만 살아남는 것은 애초에 배제했다.

그때 하늘 위에 떠 있던 엘렌이 황급히 말했다.

"신희현 플레이어, 커다란 그림자가 보입니다."

"크기는?"

"약 10미터 정도 되는 것 같습니다. 고래의 형상을 하고 있습니다."

그와 동시에 고무보트가 출렁거리기 시작했다.

'왔다.'

처음에는 약간의 출렁임이었다. 그게 점점 커졌다. 박승희가 고무보트 밖으로 얼굴을 내밀어 밑을 확인했다.

'뭐, 뭔가 있다.'

그녀는 10미터가 넘어가는 중형 이상급 몬스터를 본 적이 없다. 그것도 이런 호수에서, 고무보트밖에 믿을 것이 없는데.

그 고무보트가 뒤집히기라도 할 듯 마구 출렁거렸다. 무서왔다.

박승희가 물었다.

"우, 우린 어떻게 해야 하죠?"

신희현은 당황하지 않았다. 이 정도 경험, 많이 해봤다.

'라비트, 놈을 유인한다.'

'알겠소.'

라비트가 안쪽으로 더 헤엄쳐 들어갔다. 엘렌이 또 말했다.

"점점 더 커집니다."

그리고 이내.

"생김새가 구별됩니다."

놈이 모습을 드러냈다.

"색깔은 검은색. 정확한 형태는 거대한 메기 형태."

그리고.

"신희현 플레이어가 말했던 두 갈래 수염이 정확하게 일치합니다. 메르갈입니다."

신희현이 고개를 돌렸다. 우드득 소리가 났다. 오래도 걸렸다. 상황은 거기서 끝이 아니었다.

[보스 몬스터 존이 선포됩니다.]

[보스 몬스터 레이드가 시작됩니다.]

주위가 붉게 물들었다. 일반 메르갈이 아닌, 보스 몬스터 메르갈이다. 좀처럼 입을 열지 않는 탱커인 최보성마저도 침음성을 삼켰다.

"이, 이게…… 메르갈……!"

보스 몬스터다. 신희현의 말이 맞았다.

'주인, 이제 도망쳐야겠소. 물속에서는 승산이 없소!'

호기롭게 들어갔던 라비트는 양팔과 다리를 마구 휘저으며 수면 위로 솟구쳤다. 라비트의 몸을 묶은 밧줄을 마틴이 세차게 끌어당겼다.

라비트의 눈을 통해 신희현은 메르갈을 확인했다.

노란색 눈동자가 번쩍거렸다. 그 눈동자마저도 라비트의 몸통만 했다. 커다란 입을 열고 쫓아왔다. 라비트가 아무리 헤엄을 잘 친다 하더라도 수중 몬스터인 메르갈보다 빠를 수는 없었다.

"최보성 씨, 마틴을 도우세요."

"네."

최보성과 마틴이 밧줄을 함께 끌어 올렸다. 그리고 이어진 교감 커넥션.

"교감 커넥션. 원더 소환."

마력을 확인했다.

'충분해.'

칸드 소환도 아니고. 마력은 넉넉했다.

'준비해.'

사령탑. 신희현으로부터 명령이 떨어졌다. 상급 정령 윈더가 바람을 세차게 불었다. 파도를 일으켰다.

고무보트가 움직이기 시작했다.

"강유석 씨, 고무보트의 움직임을 도와요. 제 몸이 향하고 있는 방향."

강유석은 그 말을 정확하게 이해했다. 바람의 상급 정령 윈더와 강유석이 부리는 물의 정령이 고무보트를 움직이기 시작했다. 보트가 육지 쪽으로 움직였다.

신희현은 그 속도에 만족했다.

'생각보다 빠르다.'

고무보트가 생각보다 빠르게 움직였다. 강유석과의 콤비가 제법 괜찮았다.

'주, 주인. 놈이 엄청나게 빠르게 다가오고 있소!'

'나도 알아.'

'어, 어찌 그리 태평하오!'

그림자가, 아니, 이제 모습을 확연히 갖춘 메르갈이 입을 벌리고 달려들었고 루시아가 무기를 로딩했다.

현재 그녀가 가진 무기들 중 가장 파괴력이 큰 바주카다.

"발사하겠습니다."

메르갈을 노린 건 아니었다. 보트에 반동을 주기 위해서다. 보트가 더 빠르게 앞으로 쏘아져 나갔다. 쾌속선 수준으로.

메르갈이 수염인지 촉수인지 모를 그것을 뻗었다.

'노, 놈의 기다랗고 징그러운 것이 내게 가까이 다가오고 있소!'

'괜찮아. 스턴 효과밖에 없어.'

'기, 기절을 한단 말이오?'

박승희가 외쳤다.

"서, 섬에 거의 다 왔어요!"

왜 도망만 치고 있는지는 모르겠지만, 하여튼 섬에 거의 도착했다. 온몸이 젖었건만 추운지도 몰랐다. 그녀는 빨리 이 호수를 벗어나고 싶었다.

마틴이 힘차게 대답했다.

"알겠습니다!"

서지석은 확실히 알았다. 지금 이 상황, 쫓기고 있고 위험한 것처럼 보이지만 결코 그렇지만은 않았다.

이 모든 상황이 지금 신희현을 중심으로 돌아가고 있었다. 따로 명령을 하고 있지는 않지만 그의 소환수들이 일사분란하게 누군가의 통제를 받으며 움직이고 있었다.

그래서 확신했다.

'교감 커넥션의 힘이다.'

아무래도 신희현은 소환수들과 정신적으로 연결되어 있으며, 그들이 한 명의 통제를 받아 효율적이고 정확한 움직임을 보이고 있는 것이 틀림없었다.

'길잡이라며?'

고구려에는 본업이 길잡이라고 했던 것 같은데 이쯤 되면 소환사가 주력인지 길잡이가 주력인지 헷갈릴 지경이다.

9살 어린이 마틴의 근육이 힘껏 부풀어 올랐다.

"으랏차아아!"

그와 동시에 라비트가 하늘을 날았다. 밧줄에 허리가 묶인 라비트는 가엾게도 기절한 상태.

그와 동시에 커다란 무언가가 물 위로 솟구쳐 올랐다. 큰 파도가 일었다. 고무보트가 뒤집어질 듯 위태위태하게 출렁이며 앞으로 쏘아져 나갔다. 거의 날아갔다고 해도 과언이 아닐 정도였다.

수면 위로 놈이 모습을 드러냈다. 메르갈이었다.

강민영이 눈을 반짝거렸다. 굉장히 큰 놈이었다.

그때 마틴이.

"뜁니다!"

외치고서 그 자리에서 높이 뛰었다. 보트가 거의 가라앉을 뻔했다.

"크러쉬!"

주먹으로 허공에 뜬 놈을 섬 쪽으로 강하게 쳤다. 그리고 떨어져 내렸다.

신희현으로부터 자세한 설명을 들은 건 아니지만 이미 그녀는 신희현의 의도를 정확하게 파악하고 있었다. 수인을 맺기 시작했다.

"오빠, 불 지창 준비할게."

"좋아."

고무보트가 기어이 뒤집어졌다. 더 정확히 말하자면 뒤집어지면서 날아 섬에 떨어져 내렸다.

강민영은 떼굴떼굴 구르는 와중에도 스펠 외우는 것을 잊지 않았다. 그녀의 손이 하얗게 빛나기 시작했다. 여태껏 집중력을 잃지 않고 있던 강유석은 긴장이 풀렸는지 기절한 상태.

마틴이 메르갈을 쳤을 때, 윈더도 바람을 불러 일으켰다. 세찬 바람이 불었다. 결국 10미터 덩치의 커다란 메르갈은 백사장에서 펄떡거렸다. 어찌나 거세게 날뛰는지 구덩이가 생겨날 정도였다.

"민영아, 호수를 등……."

민영은 시킨 것도 아닌데 호수를 등지고 섰다. 메르갈이 호수로 돌아가지 못하도록 말이다.

헤엄쳐서 육지로 돌아온 마틴도 메르갈을 막아섰다. 물에서나 놈이 무섭지 육지에서는 한낱 날뛰는 고깃덩이에 불과

했다. 물론, 깔렸다가는 죽겠지만.

육지에서 펄떡거리는 메르갈을 향해 신희현 팀의 공격이 쏟아졌다. 거의 폭격에 가까웠다.

어느새 정신을 차린 라비트가.

"넌 내게 모욕감을 줬다!"

라며 레이피어를 휘둘렀고.

"그 죄를 죽음으로 갚아야 할 것이다!"

신희현을 힐끗 보더니 말을 이었다.

"양평 치즈 스페셜 에디션과 함께!"

윈더와 루시아가 무차별 공격을 가했다. 거기에 민영의 큰 한 방. 불 지창이 쏟아졌다.

[보스 몬스터 레이드가 클리어되었습니다.]

서지석과 박승희, 그리고 최보성은 얼이 빠져서 아무런 도움도 주지 못했다. 그러는 사이 알림이 이어졌다.

[축하합니다!]
[던전 클리어 조건을 만족하였습니다.]
[클리어 등급을 산정합니다.]

그리고 서지석 일행은 단 한 번도 듣지 못했던, 믿기 어려운 알림이 이어졌다. 그들의 입장에서 전혀 새로운 클리어 등급이었다.

2장
강찬이구나?

서지석은 생각했다.

'이 정도라면⋯⋯.'

어쩌면 A등급 클리어가 가능할 수도 있을 것 같았다. 여태까지 알려진 바에 따르면 방이 아닌 던전에서 A등급 클리어를 받은 플레이어는 단 한 명도 없었다.

그나마 방이야 수많은 공략법이 공개되고 같은 퀘스트를 여러 번 도전하게 되면서 A등급 클리어가 가능해졌다지만 던전의 경우는 잘해봐야 B, 혹은 C였다.

'충분히 A일 가능성이 있다!'

최보성 역시 몸을 부르르 떨었다. 저렇게 거대한 몬스터는 처음 본다. 심지어 물속 깊은 곳에 있는 놈을 육지로 끌어올려서 힘겹게 잡았다. 소환 영령을 먹이로 해서 말이다. 이 정도 난이도라면 분명히 A등급 클리어가 나올 것이라 생각했다.

[노블레스 등급 클리어로 인정됩니다.]

박승희가 고개를 번쩍 들었다.
"응?"
노블, 뭐라고?
서지석 역시 눈을 크게 떴다.
"노블레스 등급 클리어……?"
그들은 완전히 처음 듣는 등급의 클리어 등급이었다. 그에 반해 강민영은 고개를 가볍게 끄덕였다.
"시간을 너무 오래 끌어서 그런가?"
오히려 조금 아쉬웠다.
'프리미엄 노블레스였으면 좋을 뻔했는데.'
뭐, 어쨌든 노블레스 등급 클리어는 좋은 거다. 여태까지 대부분 노블레스로 클리어했다.

[보상을 산정합니다.]

그와 동시에.

[레벨이 올랐습니다.]

[레벨이 올랐습니다.]

……

……

……

[레벨이 올랐습니다.]

[레벨이 올랐습니다.]

서지석과 최보성, 그리고 박승희는 신세계를 맛볼 수 있었다. 무슨 놈의 레벨이 이렇게 많이 오르나 싶다.

박승희는 믿을 수 없었다.

"8, 8이나 올랐어."

서지석이 7, 최보성이 7 올랐다. 말 그대로 폭풍 레벨 업. 그러나 경험치는 보상의 기본이다. 이건 시작에 불과했다.

['퓨리어스'가 보상으로 주어집니다.]

신희현이 씨익 웃었다. 역시 퓨리어스다. 물론 과거와는 달랐다. 과거 퓨리어스는 딱 한 병이 풀렸었다. 전 세계에 딱 하나만 있는 아이템. 여벌의 목숨이라 불리던 퓨리어스가 지금 모든 플레이어에게 지급됐다.

[축하합니다!]

[퓨리어스를 획득하였습니다.]

과거에는 단 한 명만이 살아남았었을 거고 그가 퓨리어스를 가지게 됐을 거다.

신희현이 말했다.

"모두에게 퓨리어스가 지급되었을 겁니다. 제 클래스 특성상 그것이 매우 필요합니다."

다른 플레이어들이 퓨리어스에 대한 설명을 살펴봤다. '신비한 힘을 간직한 액체'라고만 되어 있었다.

'감정 능력이 없으니까.'

제대로 된 설명을 보지 못할 거다. 클래스의 특성상 필요한 것이 아니라 퓨리어스는 그냥 그 자체로 보물이다.

"보상은 후하게 드리겠습니다. 10억 제시하겠습니다."

서지석, 박승희, 최보성은 서로의 얼굴을 쳐다봤다. 10억이란다. 이건 그야말로 로또 아닌가.

서지석은 머리를 굴렸다. 사실상 자신은 클리어에 기여한 바가 전혀 없다. 그리고 그는 빛의 성웅의 힘을 똑똑히 봤다. 지금은 아니라 할지라도.

'잘못 보이면 답 없다.'

지금 그에게 퓨리어스가 필요한 것도 아니다. 뭔지도 모르겠고. 분명 좋기는 할 텐데 그게 자신에게 10억 이상의 가치를 가지고 있는지도 모르겠다.

박승희가 재빨리 말했다.

"저는 레이드에 도움조차 되지 못했어요. 보상을 그냥 빼앗아도 할 말 없는데 이런 제안을 해주시니 고맙기까지 하네요. 저는 거래 받아들이겠어요."

박승희가 눈웃음을 지었다. 서지석은 고구려에 이 사안을 보고하고, 그 이후 다시 연락을 주겠다고 했다. 최보성도 거래에 동의했다. 10억에 퓨리어스를 팔았다. 강유석은 조금 더 생각해 보겠다고 했다.

그렇게 플로리아 던전 클리어가 마무리됐다.

서지석은 신희현에 관해 보고했다. 신희현의 능력에 대해 어느 정도 알게 된 최용민은 충격에 휩싸였다.

"소환사에⋯⋯ 길잡이. 두 가지 클래스 모두 최상위급 능력을 가졌다는 건가?"

힘만 센 놈은 안 무섭다. 그보다 조금 더 무서운 놈은 머리 좋은 놈이다. 그런데 힘이 세면서 머리까지 좋으면 그때부턴 조금 무서운 놈이 된다.

"예, 거기에 교감 커넥션이라는 특수한 스킬을 사용합니다."

정확하게는 아니어도 대충은 알아맞혔다.

"사령탑이 되어 소환수들을 수족처럼 부립니다."

"일종의 군주 타입이라는 거네, 커맨드를 내리는."

"그것만 무서운 게 아닙니다."

최용민은 서지석이 무슨 말을 할지 알아차렸다. 최용민이 먼저 말했다.

"여러 마리의 소환수를 부리면서 전투를 진행했다는 게 가장 무서운 점이지."

"……예, 일반 소환사보다 몇 곱절의 마력을 가지고 있는 것이 틀림없습니다."

"그도 아니면 마력 소모를 획기적으로 줄여주는 특수한 스킬 혹은 아이템을 가지고 있거나."

그도 아니면.

'모든 경우에 다 해당될 수도 있겠지. 스킬에 아이템, 특수한 클래스까지.'

완전히 확실해졌다.

'절대 적으로 삼아서는 안 될 인물이다.'

노블레스 등급 클리어라는 새로운 등급의 클리어까지 알게 됐다. 빛의 성웅 팀을 보건대 그들은 노블레스 등급 클리어가 처음이 아닐 것이다.

그들은 이런 식으로 빠르게 성장했을 거고 앞으로도 가파른 성장세를 보일 거다.

최용민은 서지석을 내보내고 혼자서 중얼거렸다.

"이 정도로 강할 줄이야."

이 정도까지는 예상하지 못했다. 각종 소환 영령을 부리는 전투 계열 소환사라니. 거의 사기 아닌가.

그때, 누군가가 최용민을 찾았다. 고구려에서 따로 운영하는 조직, 세간에는 알려져 있지 않은 '그림자'의 수장 강찬이었다.

북한산 근처, 신희현의 집.

엘렌이 물었다.

"신희현 플레이어, 어째서 그렇게 힘겹게 클리어를 진행한 것입니까?"

"너무 티 났어?"

"다른 플레이어들은 눈치채지 못한 것 같습니다만."

현재 신희현의 레벨은 421.

루시아와 라비트는 신희현보다 레벨 업 속도가 느려서 각각 381, 393이다.

"라비트 대공을 일부러 기절시킨 것 같더군요. 제 생각에……
메르갈은 레벨이 150에서 200 정도 되는 것 같습니다만."

"눈치가 많이 늘었네."

일부러 메르갈을 어렵게 잡았다. 사실 공중에 떠올랐을 때
제대로 공격했으면 한 방에 처리할 수도 있었다.

하지만 일부러 그렇게 하지 않았다.

"너무 센 척하면 재미없잖아?"

"단순히 그런 이유는 아닌 것 같습니다."

물론 그게 이유는 아니다. 강유석 때문이다.

폭군 강유석. 과거의 그 모습은 없었다. 지금은 그렇게 강
하지 않다.

하지만 그 잠재력은 천재인 강민영을 훨씬 뛰어넘고 있다.
이대로 내버려 두면 분명 엄청나게 성장을 하게 될 거다.

신희현은 과거 강유석이 '폭군의 길'을 선택했기 때문에 스
스로의 의지와는 상관없이 망가져 갔다고 어렴풋이 짐작은
하고 있다.

지금의 강유석은 위험한 강유석이 아니다. 하지만 과거에
는 너무나 강했고 그 잔재가 너무나 강렬하게 뇌리에 남아
있다.

"너무 압도적인 힘을 보이면 아예 숨을 죽이고 있을지도
모르니까."

"예?"

신희현이 피식 웃었다.

"두고 보면 알아."

신희현의 손에는 강유석의 연락처가 들려 있었다.

'제대로만 커주면…….'

최후의 던전까지, 아니, 최후의 던전에서도 엄청난 능력을 발휘하게 될 거다. 과거 강유석이 무서운 폭군인 건 틀림없는 사실.

'그놈을 내가 제어할 수 있느냐 없느냐.'

그게 핵심이다. 지금은 제어할 수 있다. 잘만 제어하면 누구보다도 뛰어난 아군이 될 거다.

강유석에게 연락을 취했다.

강유석은 반색했다.

"사실 저도 바라고 있었습니다."

빛의 성웅 팀에 합류하는 것. 사실 그도 간절히 원하고 있었다.

"다만…… 저는 저번 레이드에 별로 도움이 되지 못했고 분에 넘치는 보상을 받았는데…… 염치가 없어서 저를 받아 달라고 말하지 못했습니다."

"강유석 씨는 충분히 큰 도움이 됐습니다."

"그렇게 말씀해 주시면 감사하지만…… 아참, 여기 퓨리어스입니다."

강유석은 퓨리어스를 건넸다.

"돈은 필요 없습니다. 아무리 생각해도 저는 이 아이템을 가질 자격이 없어서요. 그래서 그때 더 생각해 보겠다고 한 겁니다."

"……."

신희현은 강유석을 쳐다봤다. 역시 과거의 강유석이 아니다.

폭군 강유석은 자신이 사냥한 몬스터에게서 드랍된 아이템에 손끝 하나라도 대는 플레이어가 있으면, 그 플레이어를 무참하게 도륙해 죽였었다.

그런 강유석이 자신의 아이템을 순순히 넘긴다? 게다가 10억을 제시받은 그런 아이템을?

있을 수 없는 일이다. 너무 극과 극이라 적응하는 데 시간이 좀 걸렸다.

"……거래는 제가 제안했습니다."

10억. 그거 그냥 치즈 조금 팔면 되는 돈인데.

"그럼 일단 빛의 성웅께서 맡아주세요. 나중에 팀원으로서 제가 합당하다 생각되면 그때 돌려주시면 될 것 같습니다."

"……."

신희현은 고개를 끄덕였다.

'어려서 열정적인 건지. 사람을 지나치게 믿는 건지.'

어쨌든 신희현은 손을 내밀었다. 과거 폭군이었던 강유석이 신희현의 팀에 합류했다.

고구려는 플레이어들의 연합체로서 양지에서 밝은 일을 주로 맡는다. 플레이어들의 권리 신장이나 권익 보호 등에 힘을 많이 쓴다.

그러나 밝은 면이 있으면 어두운 면도 있게 마련이다. 고구려 역시 하나의 기관이었으면 그 내에는 권력이 존재한다. 그 권력을 지키기 위해서는 밝은 일만 할 수는 없는 법이다.

그래서 고구려는 비밀리에 그림자라는 조직을 따로 운영한다. 그림자에 대해 아는 플레이어는 최용민과 김상목을 비롯한 극소수의 플레이어뿐.

최용민이 말했다.

"안 돼. 위험하다."

"충분히 해볼 만한 도박입니다. 게다가 길잡이에 소환수. 약물에 대한 저항력은 굉장히 떨어질 겁니다."

최용민은 단호하게 거절했다. 강찬은 빛의 성웅을 복속시키려 했다. 약물과 세뇌, 그리고 특수한 스킬을 통해 빛의 성웅을 조종할 수만 있다면 엄청난 이득을 챙길 수 있을 거다.

강찬은 최용민의 방을 나섰다. 그는 이해할 수 없었다.

'어째서 저렇게 반대하는 거지?'

그의 품에는 당장 코끼리라도 바로 잠에 빠져들게 만들 수 있는 약물 주사기가 몇 개나 있다.

'고위 관계자와 연줄이 있는 것도 아니고.'

재벌가나 고위 공직자와 연관이 있는 인물도 아니다. 그가 조사한 바에 따르면 그저 평범한 사람일 뿐이다.

'단독으로라도 움직인다.'

강찬은 퓨리어스에 대한 소문을 들었다. 10억이다. 그걸 몇 개나 가지고 있다. 그것만 해도 벌써 수십억이다. 한번 해 볼 만한 도전 아닌가.

그렇게 그림자 내에 그와 뜻을 같이 플레이어 셋이 모였다.

신희현의 거주지는 이미 파악했다. 북한산 근처다.

신희현이 '광역 감지'를 펼쳤다. 길잡이의 스킬이다. 엘렌이 물었다.

"어째서 스킬을 사용하는 것입니까?"

"날파리가 꼬일 때가 됐거든."

퓨리어스에 관한 소문이 이미 퍼졌다. 일반적인 사람이면 그냥 우와 대단하다 하고 말겠지만 욕심을 가진 놈이 몇몇 있다.

당장 떠오르는 놈만 해도 '대도 최성일'과 '그림자 강찬', 그리고 '도적 임설희' 정도다.

대도 최성일, 도적 임설희 정도는 괜찮다. 강찬은 조금 문제가 된다. 반인륜적인 일도 많이 행하는 놈이므로.

'오히려 그놈이 좋겠지.'

어쨌든 놈은 고구려 소속. 고구려에 압박을 가할 수도 있을 거다.

엘렌이 말했다.

"함정을 파고 기다리고 있는 것 같습니다."

"어, 맞아."

플로리아 던전 이후, 그러니까 이제 약 2주 정도 남았다.

'곧 1차 웨이브가 시작된다.'

엄청난 사상자를 내는 1차 웨이브. 그걸 피해 없이 막아낼 거다. 그러려면 고구려의 지휘권을 획득해야 했다.

강찬이 온다면 고구려를 압박할 카드로 굉장히 좋을 거다. 그는 확신했다. 세 명 중 적어도 두 명은 올 거라고. 그것도 비슷한 시기에.

광역 감지에 뭔가가 걸렸다.

[은신 상태의 생물체가 포착되었습니다.]

은신을 하고 있는 모양이지만 레벨 400이 넘는 길잡이의 스킬이다. 피해갈 수 없었다. 참고로 강찬의 현재 레벨은 170 정도 된다.

'은신이라.'

셋 모두 은신을 사용한다. 신희현은 침대에 누웠다. 세 명이 어떻게 행동할지. 이미 머릿속에 다 있다.

시간이 흘렀다.

침대 속. 신희현은 자는 척했다. 완전히 무방비한 상태. 호흡도 정상 상태다. 강찬은 확신했다.

'세상모르고 자고 있군.'

그래도 혹시 몰라 조금 더 지켜봤다. 빛의 성웅은 자신의 은신을 전혀 알아차리지 못한 것이 틀림없었다.

신희현은 따분했다.

'슬슬 뭔가 행동을 취할 때가 됐는데?'

대도면 쪽지를 쓰고 있을 거고 도적이면 가까이 다가올 거다. 그림자면 자신을 공격할 거라 생각했다.

시간이 좀 더 흘렀다. 신희현은 뭔가가 자신을 찌르는 게 느꼈다. 알림도 들려왔다.

[외부의 힘이 신체에 작용합니다.]

[불굴의 의지+7이 저항합니다.]

[저항에 성공하였습니다.]

신희현이 눈을 떴다. 씨익 웃었다.

"강찬이구나?"

어서 와라. 불굴의 의지는 처음이지?

3장
몬스터 게이트

강찬, 그는 생각했다.

'아무리 네놈이라고 해도 어쩔 수 없을 거다.'

빛의 성웅이 강하다는 것은 물론 알고 있다. 하지만 플레이어로서의 능력이 강할 뿐이다. 적어도 그는 그렇게 생각했다.

아무리 플레이어가 강하다 하더라도 현대 무기 앞에서는 약할 거라고 생각했다. 아니, 무기까지도 필요 없다.

'코끼리도 순식간에 잠재우는 거다.'

플레이어의 힘을 사용해서 공격했을 때 소용이 없을 뿐, 과학 문물을 이용한 공격은 가능하니까.

'네놈이라고 별수 있겠냐?'

그랬는데 별수 있었다.

"강찬이구나?"

"……."

강찬은 현재 폴리모프 물약으로 얼굴을 바꾼 상태. 얼굴을 바꾸지 않았다 하더라도 강찬의 얼굴은 대외적으로 알려져 있지 않다. 지금은 만에 하나를 대비하기 위하여 폴리모프 물약을 섭취했는데.

'어, 어떻게!'

어떻게 자신의 이름을 알았단 말인가.

"그리고 쥐새끼가 둘."

신희현이 고개를 돌리며 한 곳, 한 곳을 주시했다.

"여기랑 여기, 은신 풀고 그냥 나와. 계속 숨어 있으면 적의로 간주하고 죽여 버리는 수가 있으니까."

신희현의 뒤쪽에서 강찬의 동료 하나가 마취 총을 발사했다.

[불굴의 의지+7이 저항합니다.]

코끼리조차도 순식간에 잠재우는 신경안정제는 불굴의 의지를 뚫지 못했다. 신희현의 방문이 열렸다.

"와, 이 사람들 진짜로 왔네?"

신희아였다.

"솔로잉 실드."

실드를 펼쳤다. 혹시 몰라 미리 펼쳐 두는 거다. 레벨 300이 넘는 신희아다. 그녀가 펼치는 솔로잉 실드는 소총 정도의 공격은 가뿐하게 막아낼 수 있다.

강찬은 혼란스러웠다.

'우리가 올 것을 예측하고 있었단 말인가!'

외부에서 이 사실을 알 수 있을 리 없다. 내부에서 비밀이 새어 나간 것이 틀림없었다.

'최용민인가……!'

최용민 말고는 사람이 없었다. 고구려의 수장을 믿었는데, 믿어서 제의했는데 보기 좋게 배신당하고 말았다.

"최용민과는 전혀 관계없어. 뛰는 놈 위에는 나는 놈이 있는 법이거든."

강찬은 눈을 부릅떴다.

'이놈, 관심법이라고 있는 건가…….'

그것 말고는 지금의 이 상황이 설명이 되질 않는다.

"폴리모프 물약을 사용하기는 했지만…… 아마 강찬의 똘마니 이동현이나 최민호겠지."

두 다른 플레이어도 움찔했다.

'뭐지?'

정확했다. 어떻게 저럴 수가 있는가.

'우리의 이름을 어떻게 알고 있는 거지?'

고구려 내에서도 비밀인 그림자다. 그림자에 소속된 플레이어들조차도 서로의 진짜 이름을 모르는 경우가 허다하다.

"왜? 너무 정확해?"

신희현이 피식 웃었다. 정확할 수밖에. 오랜 시간이 지난 후, 최후의 던전에 들어가기 전 모든 것이 다 밝혀졌었으니까.

"강찬, 네놈의 목적은 뻔해. 나를 구속해서 어떤 이득을 취하려 했겠지."

설렁설렁 넘어갈 생각은 없다.

"희아는 나가 있어."

신희아가 밖으로 나갔다. 윈더를 소환했다.

"소리 안 새어 나가게 막아."

신희현은 상대를 고문하는 악취미 따윈 없다. 하지만 한번 밟을 때는 확실히 밟아놓는 것이 좋다. 어설프게 밟으면 다시 기어오른다.

시간이 흘렀다.

최성일은 침을 꿀꺽 삼켰다. 이곳이 빛의 성웅, 그 엄청난 플레이어가 머무는 저택이란 말인가.

처음 오는 곳이다. 이곳에 자신의 흔적을 남길 필요가 있었다.

"이것을 찾으시오?"

"흐, 흐익!"

최성일은 굉장히 놀랐다. 사람도 아니고 생쥐도 아니고, 굉장히 커다란 생쥐 같은 것이 말을 걸어왔기 때문이다.

라비트가 메모지와 펜을 건넸다.

"이것이 필요해 보이오만."

"……그, 그렇습니다만."

"그럼 써도 되오만."

"가, 감사하오만."

최성일은 라비트의 페이스에 완전히 휘둘려 버렸다. 뭔가 말리는 기분이다. 라비트가 수염을 만지작거렸다.

"그런데 참 이상하오만?"

"…….'

"왜 발정 난 생쥐처럼 그렇게 궁댕이를 흔들며 여기저기 뛰어다니는 것이오?"

라비트는 궁금했다. 사실 최성일이 하고 있는 건 은신이었다. 그런데 라비트의 눈에는 은신으로 보이지 않았다. 은신법은커녕 그냥 생쇼 하는 걸로만 보였다.

최성일은 자존심이 상했다.

'내 언젠가 이 치욕을 갚고 말리라.'

그는 도적 클래스를 가지고 있다. 상대의 집에 몰래 숨어 들어 '가치가 없는 것'을 훔치고 '대도 최성일'이라는 이름을 남기는 것이 그의 행복이었다.

'대도가 되어 다시 이곳을 찾고 말겠다.'

라비트가 피식 웃었다.

"그 불타는 열정, 아주 맘에 드오. 나, 대공 라비트가 그대에게 선물을 하나 주겠소."

라비트가 뭔가를 건넸다. 책이었다.

'스킬북?'

스킬북의 이름은 '월영보'. 라비트가 고개를 갸웃했다. 교감을 통해 신희현과 대화를 나눴다.

'주인, 이걸 전해 주면 되는 거요?'

'어, 대도가 되는 걸 응원하겠다고 말해놔.'

라비트는 허허 웃었다.

"그대의 열정, 보기 좋소. 하루빨리 대도가 되어 꿈을 하늘 높이 펼치기 바라오."

라비트는 주인의 행동을 이해하기 어려웠지만, 하여튼 시키는 대로 했다. 대도, 아니, 예비 대도 최성일은 고개를 꾸벅 숙이고 그 스킬북을 받아 들고 저택을 떠났다.

"네년이냐?"

임설희는 깜짝 놀랐다. 누군가가 단도를 자신의 목에 갖다 댔기 때문이다. 침을 꿀꺽 삼켰다. 이 정도의 살기. 느껴본 적이 없다.

게다가 뒤를 완벽하게 잡혀 버렸다. 만약 상대가 자신을 죽이려 했다면 자신은 이미 죽은 목숨일 것이었다.

바로 사과했다.

"죄송합니다. 이곳의 주인이 누군지 궁금하여⋯⋯."

"오빠는 너 따위가 넘볼 분이 아니시다."

임설희는 눈을 힐끗 돌렸다. 눈부시게 아름다운 여자가 한 명 보였다. 빨간 머리카락이 인상적이었다.

"빛의 성웅께서 너를 놓아주라고 하셨다."

루시아는 이해하기 어려웠다. 엄연히 침입자 아닌가. 하지만 신희현의 말을 들었다.

'알겠습니다.'

말을 이었다.

"서북 병원을 알고 있겠지?"

"⋯⋯."

임설희는 고개를 끄덕였다. 루시아가 또 말했다.

"그곳에 네 인연이 있다. 빛의 성웅께서 공략을 공유하신 거다. 은혜는 잊지 말도록."

"……."

임설희는 풀려났다. 빛의 성웅을 얼마나 믿을 수 있을지는 모르겠지만, 일단은 서북 병원으로 가 보기로 했다.

'내가 아는 그 서북 병원?'

그곳에서 그녀는 무언가를 발견했다.

라비트는 인상을 찡그렸다.

"주인에게 이런 악취미가 있는지는 몰랐소."

피범벅이 됐다. 루시아가 단도를 갈무리했다.

"죽이지는 않았습니다."

신희현은 싸늘한 눈으로 강찬을 내려다봤다. 대도 최성일 과 도적 임설희는 그냥 보내줬다. 그들은 이후, 어떤 식으로 든 도움이 될 거다.

그런데 강찬은 부류가 조금 다르다. 완전히 자근자근 밟아 줘야 한다. 신희현은 그 사실을 이미 잘 알고 있다.

'이 정도면 됐겠지.'

신희현이 말했다.

"최용민에게 안내해."

신희현은 최용민과 만났다. 그 자리엔 김상목도 함께 있었다. 김상목이 찔끔 놀랐다. 반쯤 시체가 된 뭔가가 던져졌다.

'강찬?'

어쩐 일인지 알 수 없었다.

"현재 그림자를 이끌고 있는 강찬. 최용민 씨와 김상목 씨도 알고 있는 얼굴이죠?"

"……"

최용민은 대답하지 못했다. 무슨 상황인지 단번에 이해했다. 아무래도 강찬이 독단적으로 일을 벌였고 실패한 모양이다.

'만반의 준비를 갖췄을 텐데.'

분명 총이든 마취 총이든 뭔가를 넉넉히 챙겼을 텐데. 완벽하게 실패한 것 같았다. 그만큼 빛의 성웅이 강력하다는 증거이기도 했다.

"모든 걸 다 알고 왔으니 발뺌할 생각은 마시고."

최용민에게 알림이 들려왔다.

[TRUE.]

저 말은 진실이었다. 어떻게 알았는지는 몰라도 전부 다 알고 있었다.

"최용민 씨가 생각하는 것 이상으로 저는 많은 것을 알고 있습니다. 밝히지 않은 많은 능력도 있고."

[TRUE.]

"제가 여러분에게 공개한 것은 극히 일부임을 미리 밝힙니다."

[TRUE.]

최용민은 발뺌할 생각을 거뒀다.

"……맞습니다. 그림자 소속 강찬입니다. 상태가 많이 안 좋아 보이는군요."

"죽이지는 않았으니 걱정 마시고."

"어째서 이런 일을 벌이신 겁니까?"

"나를 먼저 거의 죽이려 들더라고요."

마취 총이라지만 일반인이 맞았으면 죽었다.

최용민과 김상목 둘 다 긴장했다. 빛의 성웅이 마냥 성웅이 아니라는 것은 짐작하고 있었지만 이렇게 사람을 처참하게 만들 줄이야. 강찬은 말 그대로 숨만 간신히 붙어 있는 상태였다.

"빛의 성웅께서 원하시는 것이 무엇입니까?"

신희현이 씨익 웃었다. 역시 최용민은 눈치가 빠르다. 여러 가지 설명을 하지 않아도 알아서 결론을 도출해 냈다.

"지휘권."

"……예?"

신희현이 어깨를 으쓱했다.

"아직 밝히지 않은 능력들이 있다고 했습니다. 앞으로 며칠 후, 여의도 상공에 몬스터 게이트가 열립니다. 그것은 곧 몬스터 레인으로 이어집니다."

"몬스터 레인……?"

"다른 말로 몬스터 웨이브라고도 합니다."

신희현은 그때를 떠올렸다. 서울은 아비규환이 됐었다. 오르벨이 나타났던 건 약과였다. 사람들이 말하는 진짜 의미의 대격변이 바로 그 게이트로부터 시작된다.

최용민에게 계속해서 알림이 들려왔다.

[TRUE.]

[TRUE.]

신희현이 자신을 속일 수 있는 게 아니라면 분명히 진실이었다.

"그때 제가 지휘할 수 있는 조직 체계가 필요합니다."

"……."

"그래야 피해를 최소화시킬 수 있을 테니까."

[TRUE.]

신희현이 상급 치료 물약을 강찬에게 던져 줬다.

"뭐, 거부해도 상관은 없습니다. 다만 그림자의 존재가 전 세계에 알려지게 되겠죠."

신희현의 손에는 USB가 하나 들려 있었다. 저 안에는 강찬과 그 수하들이 빛의 성웅을 공격한 영상이 들어 있을 것이다.

라고 최용민은 확신했다.

"이제 선택은 최용민 씨와 김상목 씨에게 달려 있습니다."

신희현은 오랜만에 강민영과 데이트를 즐겼다. 다른 커플들처럼 영화도 보고 커피도 마셨다.

"오빠, 이번에 정말로 오빠가 일선에 나설 거야?"

"응."

강민영은 신희현의 생각을 읽었다.

"공식적인 데뷔전이 되는 거네?"

"맞아."

그럴 필요가 있었다.

"빛의 성웅의 이름이 높아지겠지."

진정한 의미의 대격변이 다가왔다.

몬스터 게이트가 생겨날 것이고, 그 안에서 몬스터들이 쏟아져 내릴 거다. 몬스터 웨이브가 터져 나오고 던전 브레이크가 진행되며 오염지대가 늘어나게 될 거다.

"이제 편한 시간은 다 지났어."

수많은 플레이어의 동경. 사실 그렇게 받고 싶은 건 아니지만 상황이 그렇게 되어버렸다. 동경과 존경을 받아야 했다.

그러려면 이번 몬스터 레인을 잘 막아내야 한다. 고구려의 이름이 아니라, 빛의 성웅의 이름으로 말이다.

마침내 고구려로부터 연락이 왔다.

신희현이 피식 웃었다. 이제부터가 진짜 시작이다.

며칠 뒤, 여의도 상공에 뭔가가 나타났다. 최용민은 침을 꿀꺽 삼켰다. 설마설마했는데 빛의 성웅이 말한 게 사실이었다. 공략의 방을 통해 이미 많은 플레이어가 알고 있었다.

"저게 몬스터 게이트야?"

거대한 문 같은 것이 생겨났다. 거대한 원의 형태. 그 안은 푸른빛 안개 같은 것이 가득 차 있었으며 번쩍번쩍 번개가 내리쳤다.

"빛의 성웅이 저기서 몬스터들이 나온다고 했는데."

"자세한 건 모르겠지만 돈 되는 몬스터도 많을 거야."

신희현이 경고를 하기는 했다. 다만 몬스터가 나온다고만 했다. 얼마나 나오는지, 얼마큼 위험한지는 말해주지 않았다. 대피를 하면 좋겠다고 고구려가 입장을 밝히기는 했으나 강제력은 없었다.

엘렌은 신희현을 쳐다봤다.

'일부러 강력하게 경고하지 않으셨다.'

어쩌면 피해가 많이 나기를 유도하고 있는 것일지도 모르겠다는 생각을 해봤다.

아니, 아니겠지. 그럴 리가 없어. 엘렌이 본 신희현은 그런 사람은 아니었다. 다소 편법과 사기를 동원하기는 하지만, 대량 학살을 좌시할 만한 그런 사람은 아니었다.

'뭔가 생각이 있으시겠지.'

몬스터 게이트가 생겨난 지 약 30분 뒤, 몬스터 게이트에서 황금빛 빛줄기가 여의도를 향해 마치 태양빛처럼 쏟아져 내렸다.

플레이어들에게 알림이 들려왔다.

[몬스터 웨이브가 시작됩니다.]

4장
전면에 나서다

흡사 천둥과 같은 엔진음이 들려왔다. 신희현은 하늘을 올려다봤다.

'역시.'

아니나 다를까. 군에서 움직였다. 고구려를 통해 이미 말을 전해 놓았다. 현대 무기는 소용이 없으니 가만히 내버려 두라고. 하지만 또 정부 입장에서는 가만히 있을 수는 없는 모양이었다.

강민영이 말했다.

"오빠 말대로 됐네?"

"응."

전투기가 출격했고 이제 현대 무기, 이를테면 미사일과 기관포 같은 것이 몬스터들을 공격할 거다.

아니나 다를까. 전투기 한 대가 미사일을 쏘아냈다. 목표
는 명확했다.

지금 1번 게이트에서 떨어져 내리고 있는 '알리스 달로'는
갑옷을 몸에 두른 개미핥기의 형태를 한 몬스터다. 혀가 꽹
장히 길고, 이 혀를 무기 삼아 공격한다.

"재미있는 건…… 놈의 특성이거든."

이미 공략의 방을 통해 발표했다. 1번 게이트가 열릴 거라
고, 이 게이트에서 몬스터가 떨어져 내릴 것이며 몬스터 웨
이브 혹은 몬스터 레인의 시작점이라고 말이다.

플레이어들 중 한 명이 걱정스러운 표정으로 하늘을 올려
다봤다.

"저놈은…… 원거리 타격에 엄청난 내성이 있다고 하던
데……."

빛의 성웅이 뿌린 공략은 정확했다. 미래를 예측할 수 있
는 힘이 있는 것 같았다. 그렇지 않고서야 어떻게 이럴 수 있
단 말인가. 몬스터 게이트가 실제로 나타났고 형태도 빛의
성웅이 묘사한 것과 똑같았다.

"빛의 성웅이 고구려를 통해 권고했다던데."

"뭐라고?"

"군은 저놈들 건드리지 말라고. 공격받은 놈들은 껍질이

붉은색으로 변한대."

그 말은 진짜였다.

"저, 저기 봐."

원래 황토색에 가까운 그 갑옷 같은 껍질의 색깔이 붉은색으로 변하고 있었다.

"저러면 방어력이 엄청나게 높아진다던데……."

미사일 공격은 전혀 소용없었다. 알리스 달로들이 떨어져 내렸다. 그 숫자가 적어도 300은 넘는 것 같았다.

신희현은 나서지 않았다. 플레이어들의 수준을 살필 필요가 있었다. 좋으나 싫으나 플레이어들은 최후의 던전까지 함께해야 한다. 최후의 던전이 나타날 때까지 몬스터 게이트는 총 7개가 등장한다.

신희현이 아무리 강해도 그 7개 모두를 커버할 수는 없는 법이다. 때문에 플레이어들의 수준을 정확하게 파악할 필요가 있었다.

플레이어들은 전투를 준비했다.

"빛의 성웅이 전투를 지휘한다고 했는데……."

빛의 성웅은 아직 나타나지 않았다. 플레이어들 나름대로 전투를 준비했다.

알리스 달로들이 지상에 도착했다. 놈들의 움직임은 그렇게 빠르지 않았다.

"뭐, 뭐가 이렇게 단단해."

근거리 딜러들이 달려들어 놈을 공격했다. 알리스 달로는 공격력이 그렇게 강한 편은 아니다.

신희현은 시간을 쟀다.

'앞으로 57분 남았다.'

57분 동안 저놈들을 모두 죽이지 못하면 다음 놈이 나타나게 된다. 물론, 알리스 달로보다 더 강력한 놈이다.

'앞으로 55분.'

플레이어들은 알리스 달로에 대해서 많이 파악한 것 같았다.

"탱커진 뒤로 빠져!"

알리스 달로는 공격이 약했다. 그래서 딜러들도 마음 놓고 공격할 수 있었다. 김상목이 외쳤다.

"탱커진, 연계를 준비한다!"

신희현이 피식 웃었다.

'벌써?'

연계를 벌써 사용할 수 있단 말인가. 탱커 연계는 1번 게이트가 아닌 3번 게이트에서 처음 등장하는 대단위 광역 스킬이다.

'제법이네.'

탱커 연계는 수많은 탱커가 모여 하나의 생명체처럼 움직이는 스킬이다. 탱커 연계를 실행하는 '탱커장'이 한 명 있고, 그가 여러 명의 탱커를 통솔하게 된다.

쉽게 말해 5의 공격력을 가진 탱커 5명이 모여서 하나의 연계진을 이루면 탱커장이 25의 공격을 할 수 있다.

하지만 탱커 연계는 공격보다는 방어에 있어서 큰 메리트를 가지는 연계 스킬이다. 5의 공격력을 가진 5명이 모이면 25의 공격력을 나타내는데, 탱커 연계의 특성으로 인해 5의 방어력을 가진 5명이 모이면 30 이상의 방어력을 낼 수 있게 되는 것이다.

곳곳에서 탱커 연계를 시전했다. 그들은 알리스 달로들이 힐러나 버퍼에게 접근하는 것을 막았고 딜러처럼 놈들을 공격하기도 했다.

신희현은 시간을 살폈다.

'20분 남았다.'

엄청난 성적이다. 처음에 300마리에 육박하던 알리스 달로가 이제 절반도 채 남지 않았다.

'게다가…….'

가장 고무적인 것은.

'사망자가 단 한 명도 없다.'

엄청난 성과다. 공략을 뿌려서 플레이어들을 육성시킨 결과다. 좋았다. 그것도 아주 많이.

'힐러진도 탄탄해.'

기분이 좋아졌다. 과거보다 훨씬 더 쉽고 편하게 최후의 보상 HAN에 다가설 수 있을 것 같은 기분이 들었다.

'그래도 역시 놈들을 모두 없애는 건 역부족이겠네.'

1번 몬스터 게이트는.

'총 4개의 스테이지로 이루어져 있지.'

첫 번째 스테이지가 저 '알리스 달로'다. 가장 약한 놈. 그러나 레벨 100 이상의 플레이어들에게나 약하지 그보다 낮은 레벨의 플레이어나 일반인에게는 매우 위협적인 건 틀림없었다. 과거에도 스테이지 1에서만 2만 명의 사망자가 나왔었다.

강민영은 신희현을 쳐다봤다.

'엄청 만족하는 표정이네.'

그런데 이제 시간이 별로 안 남았는데? 이대로 스테이지 2까지 진행할 생각일까?

강민영은 고개를 갸웃했다.

이제 남은 시간은 7분가량. 남은 알리스 달로는 70마리 정도. 플레이어들도 꽤나 지친 모양새였다.

엘렌은 주위를 둘러봤다.

'붉은 알리스 달로들이 남았다.'

대부분 붉은 알리스 달로였다. 처음에 전투기에 의해 공격을 받았던 그놈들 말이다.

김상목이 침을 퉤! 뱉었다.

"제기랄! 군인 새끼들!"

욕이 절로 나왔다. 이 붉은 알리스 달로들은 일반 알리스 달로보다 훨씬 더 강력한 방어력을 자랑했다.

"하지 말라니까 해서 지랄이야!"

김상목은 쌍검을 들고서 '더블 크래쉬'를 외쳤다. 그의 쌍검은 엑스 자를 그리며 붉은 알리스 달로를 공격했다. 그러나 알리스 달로의 껍질에 큰 상처가 나지는 않았다.

김상목만 욕을 한 게 아니다. 대부분의 플레이어가 군과 정부를 욕했다. 생각보다 쉽게 잡을 수 있는 놈들인데 쓸데없는 짓을 해놔서 잡기 어렵게 만들었다.

신희현은 여전히 상황을 지켜봤다.

'군의 입지가 좁아지겠지.'

앞으로는 행동을 함부로 할 수 없을 거다. 앞으로 진행되는 일에 대해서 고구려가 더 우위에 설 수 있다는 말이다.

엘렌이 말했다.

"3분가량 남았습니다."

알리스 달로를 전부 처리하지 못하면 스테이지 2로 넘어간다. 그건 신희현의 계획과 어긋나는 일이다.

신희현이 라비트를 소환했다.

"라비트 소환."

교감을 통해 명령을 내렸다.

'쓸어버려.'

생쥐 한 마리(?)가 검을 높이 들었다.

"이제야 내가 제대로 활약할 수 있는 날이 오는 것이오?"

그리고 앞으로 쏜살같이 내달리기 시작했다. 그의 걸음에는 자신감이 넘쳤다. 그도 그럴 것이 레벨 차이가 200이 넘게 난다. 마음만 먹으면 혼자서 전부를 상대할 수도 있다.

라비트는 플레이어들과 붉은 알리스 달로들을 헤치며 지그재그로 내달렸다.

"이놈이 가장 강한 놈인 것 같소!"

라비트가 레이피어를 내질렀다.

푹!

그의 레이피어가 붉은 알리스 달로의 몸에 깊게 박혔다.

"일격필살!"

라비트는 굉장히 신나 보였다. 마치 자신은 치즈만 축내는 한심한 소환 영령이 아니라는 것과 아이템 수거반이 아니라는 것을 증명하기라도 하듯 말이다.

"일격필살!"

"일격필살!"

"일격필살!"

"일격필살!"

붉은 아리스 달로 30여 마리를 불과 3분 만에 모두 쓸어버렸다. 플레이어들은 입을 쩍 벌렸다.

"저…… 저건 도대체……."

이제 대충 안다. 저 생쥐 같은 것은 소환 영령이며 빛의 성웅이 부리는 소환수 중에 하나라는 것을 말이다.

"빛의 성웅이다."

이곳에 모인 플레이어들 중 누가 빛의 성웅인지는 알 수 없었다. 그러나 분명히 이곳에는 빛의 성웅이 있었다.

'누, 누구지?'

신희현은 상공에 떠 있는 몬스터 게이트를 올려다봤다. 저벅저벅 걸어갔다. 어느새 라비트가 신희현 옆에 섰다.

'저 사람이 빛의 성웅?'

분명 폴리모프 물약을 마셨을 거다. 진짜 얼굴은 아닐 터. 하지만 빛의 성웅이 실제로 모습을 드러냈다.

빛의 성웅 뒤로는 파티원으로 보이는 몇몇이 보였다.

"어, 어? 정령사 강유석?"

강유석을 알아보는 플레이어들도 있었다. 강유석은 신희현의 팀에 들어오기 전까지 외부에서 활동했었으니까.

신희현은 몬스터 게이트가 빛을 뿜어내고 있는 그 중앙에 섰다. 그리고 입을 열었다.

"모두가 예상하시다시피…… 저는 빛의 성웅이라는 클래스를 가지고 활동하고 있는 플레이어입니다."

설명하기가 어려워서 그냥 빛의 성웅을 클래스라고 설명했다. 정확하게 말하자면 앰플러스 네임이다.

"1번 게이트는 총 4개의 관문으로 이어져 있습니다."

"……."

모든 플레이어가 서로 약속이라도 한 듯 입을 다물었다. 수백 명의 플레이어가 모여 있건만 주위는 굉장히 조용했다. 바람이 부는 소리까지 들릴 정도였다.

"1번 스테이지를 제시간에 클리어하지 못하면…… 다음 스테이지가 바로 진행됩니다."

그것을 증명하기라도 하듯 알림음이 들려왔다.

[축하합니다!]
[1번 몬스터 게이트, 스테이지 1이 클리어되었습니다.]
[각 플레이어의 공헌도에 따라 보상이 차등 지급됩니다.]

스테이지 1, 2가 클리어되면 여유 시간이 생긴다. 때에 따라 다르지만 보통 3일 정도는 여유가 있다. 신희현은 하늘을 올려다봤다.

"스테이지 2는 스테이지 1보다 강한 몬스터가 나옵니다. 2보다 3이 더 강하고, 3보다 4가 더 강합니다."

플레이어들은 아무런 말도 하지 못했다.

'이거보다 강한 놈이 계속 나온다고?'

그나마 다행이었다. 3일이면 충분히 휴식을 취할 수 있을 테니까. 이미 플레이어들은 굉장히 많이 지쳤다. 연속으로 놈들을 상대할 수는 없었다.

김상목이 앞으로 나섰다.

"그러면 우린 어떻게 해야 합니까?"

"스테이지 4로 바로 가는 방법이 있습니다. 스테이지 4가 클리어되면 몬스터 게이트는 사라집니다."

신희현은 주위를 둘러봤다.

'분명 반대하는 놈들이 생길 텐데.'

알리스 달로는 방어에 관련된 아이템들을 잘 드랍하는 편이다. 분명히 '달로티아'라는 갑옷을 획득한 플레이어들도 있을 거다. 레벨 100대에서 굉장히 좋은 아이템이다.

'스테이지 2와 3의 아이템이 욕심나겠지. 뭐…… 이들의 능력으로도 스테이지 2와 3을 진행할 수는 있겠지만.'

그건 가능할 거다. 체력이 전부 소진되고 사망자가 많이 나오긴 하겠지만 말이다. 어쩌면 그게 바람직할 수도 있다.

플레이어들을 육성시키는 것이 지금 당장 모든 관문을 신희현 자신이 클리어해 주는 것보다 장기적으로는 나은 선택이 될 수 있을 테니까.

'하지만 이번 게이트는 내가 클리어한다.'

스테이지 4.

'1번 게이트'의 보스 몬스터. 말칸이 주는 보상을 획득하기 위해서다.

말칸은 원래 클리어가 불가능한 몬스터다. 천재지변이라고 하는 게 좋았다. 시간이 많이 흐른 다음, 놈의 능력을 바탕으로 추측한 레벨이 약 250~300 정도. 지금 플레이어들은 아무리 노력해도 놈을 잡을 수 없다. 아예 공격조차 못한다.

무슨 아이템을 주는지도 모른다. 한 가지 확실한 건, 레이드 불가능한 몬스터를 잡으면 그에 상응하는 커다란 보상이 뒤따른다는 것 정도.

누군가가 말했다.

"스테이지 2와 3은…… 클리어하면 안 되는 겁니까?"

몇몇 플레이어가 고개를 끄덕였다. 그들 입장에서는 당연하다. 어차피 클리어해야 한다면 순차적으로 하는 것이 좋지 않겠는가. 2와 3에서도 보상이 짭짤할 것 같고.

"스테이지 3에서 4로 넘어갈 때엔 여유 시간이 없습니다. 체력을 소진한 상태로 스테이지 4로 넘어가야 한다는 소립니다."

그럼 너희 모두 죽어.

"스테이지 4가 다가오면 여기 계신 모든 플레이어는 사망합니다. 확언합니다."

과거에도 그랬다. 말칸은 3일간 눈에 보이는 인간을 모두 잡아 죽였다. 서울과 경기권이 초토화됐었다.

그리고 3일 뒤 갑자기 사라졌다. 인류가 잡지 못한 몇몇 몬스터가 있는데 그중 하나가 바로 말칸이었다.

누군가가 앞으로 나섰다.

"그렇다면 스테이지 2는 클리어해도 되는 것 아닙니까?"

스테이지 1도 신희현의 도움 없었다면 제대로 클리어하지 못했다. 원래대로라면 이들은 지금 스테이지 2에서 열심히 싸우고 있었을 거다. 그들은 그런 사실을 모르지만.

그리고 지금은 신희현이 플레이어들에 대한 지휘권을 가지고 있다. 신희현이 고구려와 협상하여 지휘권을 얻어냈다. 공식적으로 말이다. 그러나 어디까지나 '공식적' 혹은 '대외적'이었다.

플레이어들은 대규모 집단전에 익숙하지 않다. 과거와 비교하면 비교할 수조차 없을 만큼 많이 성장하기는 했지만 말이다.

지휘 체계에 익숙하지도 않다. 고구려가 '내일부터 빛의 성웅이 대장이야'라고 말을 한다고 해서 신희현이 당장 모든 플레이어를 부릴 수 있는 것도 아니다.

고구려의 인정으로 인해 최소의 자격 요건만 획득했을 뿐이다. 신희현은 고개를 끄덕였다.

"맞는 말이네요."

"그 말씀은 다른 스테이지를 클리어해도 된다는 소립니까?"

플레이어들은 기대했다. 스테이지 1도 이렇게 무난하게 깼는데 2, 3, 4도 깰 수 있을 거라고 생각했다. 피해는 있겠지만 피해 없는 레이드가 어디 있겠는가.

신희현이 말했다.

"저는 스테이지 4를 대비하기 위하여. 레이드에 참여하지 않겠습니다. 체력을 비축해야 하니까요."

플레이어들은 고개를 끄덕였다. 빛의 성웅이 강제로 이 레이드, 그러니까 몬스터 레인에 맞서 싸울 필요는 없다.

최용민은 생각에 잠겼다.

'어쩌면…… 이후의 스테이지에서 많은 사망자가 발생할지도 모르겠다.'

스테이지 1에서 많은 소득이 있었다. 전국 각지에서 소문을 듣고 플레이어들이 여의도로 몰리고 있는 상황. 신희현이 저러한 행동을 보이고 있는 것에는 분명 이유가 있을 것이라 짐작했고 그 이유를 거의 정확하게 파악하고 있었다.

'빛의 성웅은…… 이들을 확실하게 휘어잡으려 하는 거다.'

그걸 알지만 막을 수는 없었다. 그 역시 스테이지 2를 대비해야 했다.

엘렌은 신희현을 쳐다봤다.

'어디까지 생각을 하고 계신 거지?'

알 수 없었다. 이 남자가 지금 뭘 생각하고 있는 건지. 확실한 건 하나 있었다. 이번 게이트로 인하여 정부보다 플레이어들이 더 우위에 설 수 있었으며.

'강력한 지도자로 우뚝 설 수 있을 것 같다.'

아무래도 그럴 수 있을 것 같았다. 보아하니 스테이지 2, 3, 4는 플레이어들의 능력만으로는 클리어하기가 거의 불가능에 가까울 것 같았다.

신희현은 그걸 노리고 있는 거다. 완벽하게 리더로 올라서기 위해서.

'역시…… 빛의 성웅이라는 건가.'

빛의 건물주나 빛의 사기꾼으로 생각하게 될 때가 많기는 했지만.

강민영은 신희현을 힐끗 보고서 약간 걱정스러운 표정을 지었다. 신희현이 무슨 생각을 하는지 알 것 같았다.

빛의 성웅이 완벽한 모습으로 데뷔전을 치를 생각인 것 같았다. 다른 플레이어들은 지금 자신들이 얼마나 위험한 상황인지 체감하지 못하고 있다. 그냥 힘들구나, 어렵구나 정도

일 거다.

진짜 위험을 경험하느냐, 하지 않느냐에 따라서 플레이어들의 수준이 달라질 수 있다.

신희현의 생각이 어찌 됐든 엘렌은 그녀 나름대로 결론을 내렸다.

'3일 뒤면…… 모든 것이 바뀔 거야.'

하루가 지났다.

정부와 군은 여론의 뭇매를 맞았다. 처음부터 빛의 성웅이 경고했다고 했다. 알리스 달로는 현대 무기로 공격하면 안 된다고, 그러면 굉장히 어려워진다고 말이다. 하지만 정부는 그 말을 무시했으며 전투기를 출격시켜서 플레이어들을 더 힘들게 만들었다.

"그나마 다행인 건 사망자가 없다는 거지."

"그러게 말이야."

"빛의 성웅이 없었다면 다 죽을 뻔했다며?"

물론 그 정도는 아니었다. 하지만 소문은 꼬리에 꼬리를 물고 더욱 커져만 갔다.

"손가락 한 번 움직이니까 휙휙 쓸려 나갔다던데?"

"응? 길잡이라면서?"

"길잡이면서 소환사래."

"거기에 전투 마법사라던데?"

물론 근거 없는 소문이다. 길잡이이면서 소환사인 건 맞다. 하지만 전투 마법 클래스는 아니다.

"화염계의 최고봉 마법사래."

"내가 듣기로는 동물계로 변신해서 체술을 쓴다던데?"

"그런 클래스도 있어?"

소문은 점점 더 커졌다. 소문의 디테일은 달랐지만 결론은 빛의 성웅이 이번 몬스터 웨이브를 성공적으로 막을 수 있도록 도와줬다는 것이었다.

민영이 빙그레 웃었다.

"오빠에 대한 소문으로 떠들썩해."

"응."

"다 의도한 거야?"

"빛의 성웅은…… 사람들 앞에 나서야만 하는 앰플러스 네임이거든."

신희현은 민영을 쳐다봤다. 자신의 앞에 앉아 아이스 카페 라떼를 빨대로 빨아 먹고 있는 저 모습, 평범한 저 모습마저도 너무나 사랑스러웠다.

그냥 문득 그녀가 너무 사랑스럽다는 기분이 들어 몸을 일으켰다. 민영의 이마에 가볍게 키스했다.

"문득 든 생각인데."

"응?"

"너 왜 이렇게 귀여워?"

"귀엽긴 뭐가 귀엽냐!"

민영은 타박을 주면서도 기분이 나쁘지 않은지 배시시 웃었다. 그녀는 귀엽다는 말 별로 안 좋아한다. 들어본 적도 없다.

과거에는 운동에만 빠져서 살았었으니까. 귀엽다는 말을 들으면 생소한 기분이 들었다. 좋기도 한 것 같고 창피하기도 한 것 같은 요상한 기분이었다.

"오빠, 나 그런데 궁금한 게 있어."

"말해봐."

"이번에…… 오빠는 피해를 묵인할 생각이야?"

"……."

신희현은 잠시 대답하지 못했다. 그럴 생각이다.

'적어도 1,500명 이상은 죽겠지.'

플레이어들의 현재 수준과 그가 기억하는 1번 게이트의 난이도를 종합해서 보면 1,500명 이상은 죽을 거다, 스테이지 2, 3, 4를 겪으면서. 그래도 과거와 비교하면 훨씬 적은 피해이기는 하지만.

민영이 혼자서 고개를 절레절레 저었다.

"아냐, 내가 괜한 걸 물었나 봐."

"지금의 수백 명이…… 미래의 수만 명이 될 수도 있어."

"무슨 말인지 알아. 더 이상 설명하지 않아도 돼요."

민영은 문득, 신희현의 어깨에 많은 짐이 올라와 있는 것 같은 기분이 들었다.

다른 사람은 아무도 모르는 세상의 비밀을 혼자서 다 알고 있는 것 같달까. 그 비밀이 신희현을 짓누르고 있는 것 같달까.

신희현의 머릿속을 정확하게는 모르겠지만 적어도 그녀의 눈으로 본 신희현은 굉장히 바빠 보이고 여유가 없어 보였다.

강민영이 말했다.

"내가 도울게. 나랑 같이 하자, 오빠. 내가 오빠 옆에 있을게."

신희현이 피식 웃었다. 강민영의 머리를 한 차례 쓰다듬었다. 그러고서 민영의 귀에 작게 속삭였다.

내가 네 옆에 있을게.

제삼자가 본다면 닭살이 돋아 몸서리를 칠지도 모르겠지만, 하여튼 그 둘의 세상은 달콤했다.

맨 처음 몬스터 게이트가 열린 이후로 3일이 흘렀다. 빛의 성웅이 예고한 시간이 다가왔다.

"스테이지 2는 어떤 아이템을 떨굴까?"

스테이지 1에서 드랍된 많은 아이템이 비싼 값에 거래되고 있다. 스테이지 2는 더 좋은 아이템을 드랍할 확률이 높았다.

"까짓것 죽기밖에 더하겠어?"

원래 레이드는 사망자가 안 나오는 게 이상한 거다. 저번에는 억수로 운이 좋았을 뿐 – 운이 아니라 신희현 덕분이긴 하지만. – 누군가 죽기는 죽을 텐데, 그게 자신일 거라는 생각은 하지 않았다.

"저기 봐!"

허공에 떠 있는 몬스터 게이트가 열렸다. 저번과 마찬가지로 황금색 빛기둥이 지상으로 쏟아져 내렸다.

[몬스터 웨이브가 시작됩니다.]

플레이어들이 위를 쳐다봤다. 저 안쪽으로부터 무언가가 느린 속도로 천천히 떨어져 내리고 있었다.

푸른색 피부를 가졌다. 인간 형태에 가까우나 눈과 피부는 파충류 형태. 꼬리가 두 개 달렸으며 오른손에는 기다란 창을 하나 들고 있었다.

"무기를 갖고 있는 놈이네."

저런 놈은 상대하기가 매우 까다롭다. 게다가 무기가 장창. 일반 플레이어들이 별로 상대해 본 적이 없는 몬스터다.

김상목이 외쳤다.

"딜러 1진 준비!"

빛의 성웅이 공략을 공유했다. 놈들의 이름은 리자드맨. 레벨이 160대로 상당히 빠른 몸놀림을 구사하는 전사형 몬스터였다. 그리고 화염계 마법에 상당히 약하다고 했다.

"준비 완료됐습니다."

전국 각지에서 몰려든 약 3만여 명의 플레이어. 그중에서도 화염계 마법사는 200명가량 되었다. 그들이 모두 각자의 마법을 준비했다.

3일의 시간 동안 최용민은 플레이어들의 신상을 대부분 파악했으며 각 클래스에 따라 진을 구분해 놓았다.

딜러 1진. 화염계 마법사 50명으로 구성된 팀이다.

화염계 마법이 하늘을 수놓았다.

"딜러 2진! 공격!"

이윽고 거의 시간차 없이 2진이 공격을 시작했고, 그 이후로 3, 4진의 공격이 이어졌다. 4진의 공격이 끝나갈 무렵, 재충전 시간을 가진 1진 딜러들이 다시금 마법을 쏘아냈다.

"와, 화염계 마법사들 장난 아닌데?"

그 숫자가 200명에 이르다 보니 화력도 굉장했다. 상당히 많은 숫자의 리자드맨이 창을 놓쳤다. 그 수가 대략 20마리쯤은 되는 것 같았다. 다른 약 20마리 정도는 피부가 눌어붙었다.

"별거 아니잖아?"

김상목이 다시 외쳤다.

"탱커진, 연계 준비! 놈들이 원거리 딜러진에게 눈길 돌리지 않도록!"

마법사의 숫자보다 탱커의 숫자가 압도적으로 많았다. 탱커 연계를 준비하며 어그로를 끌기 시작했다. 원거리 공격을 감행하는 탱커장도 있었고 마틴과 비슷하게 소리를 질러 이목을 끄는 탱커장도 있었다.

김상목은 한숨을 내쉬었다.

'역시.'

빛의 성웅의 말이 맞았다. 놈들은 어그로 잡기가 굉장히 쉬운 타입이었다. 그건 좋았다.

하지만 그렇기에.

'조심해야 한다.'

빛의 성웅이 말하길 놈들은 민첩하며 공격력이 높다고 했다. 특히 상대의 급소를 공격하여 단숨에 상대의 숨통을 끊는 공격을 구사하는데, 크리티컬 샷 확률이 매우 높아서 조심해야 한다고 했다.

그리고 얼마 뒤.

빛의 성웅의 말은 사실로 드러났다.

최용민에게 보고가 올라갔다.

"탱커약 120여 명이 사망했습니다."

문제는 거기서 그치지 않았다.

"몇몇 리자드맨을 묶어놓는 것에 실패하여…… 딜러 80여 명과 원거리 딜러 20명이 사망했습니다. 현재까지 집계된 사망자 수는 220명가량입니다. 이 숫자는 실시간으로 계속 증가하고 있습니다."

최용민은 인상을 찡그렸다.

'확실히…….'

빛의 성웅 도움 없이는 버거운 모양이었다.

'젠장.'

한 시간 내로 클리어하지 못하면 스테이지 3이 열리게 될 텐데.

플레이어의 숫자가 저번보다 훨씬 더 많아서 어느 정도 가능할 거라고 생각했었다. 그런데 그게 아닌 모양이었다.

[스테이지 3이 시작됩니다.]

비보가 계속 날아들었다.

"현재까지…… 약 500명 사망했습니다. 무엇보다도 플레이어들이 너무나 지친 상태입니다."

부상자를 집계에서 제외한 숫자다.

"힐러진의 체력이 바닥났습니다. 더 이상의 방어전이 힘듭니다."

힐러들의 체력이 바닥나자 사망자 수가 기하급수적으로 늘어나기 시작했다. 포션으로 버틸 수 있는 한계도 넘어섰다.

하필이면 스테이지 3에서 나온 리자드맨이 활을 사용했다. 탱커들이 어그로를 놓치면 놈들은 원거리 딜러와 힐러, 그리고 버퍼를 집요하게 공격했다.

원거리 공격형 리자드맨과 근거리 공격형 리자드맨이 함께 있으니 그 무서움은 배가 되었고 난이도도 훨씬 더 높아졌다.

"현재까지 사망자…… 약 1,400명……."

최용민은 눈을 감았다.

'신희현의 말대로 모든 것이 진행되고 있다.'

온몸에 소름이 돋을 지경이다. 이 상황을 보지도 않고 거의 정확하게 예측했다.

'그렇다면 이제⋯⋯.'

신희현이 말했던 1,500명의 사망자. 그리고 스테이지 3이 거의 끝나갈 무렵. 스테이지 4가 강제 개문될 무렵.

'이제는⋯⋯ 빛의 성웅이 직접 움직이는 건가.'

최용민은 자존심이 상했다. 뭔가, 빛의 성웅이 그려놓은 그림판 안에서 뛰놀고 있는 것처럼 느껴졌다.

한편, 신희현이 자리에서 일어섰다.

"이번에는 나 혼자 이동할 거야."

팀원들을 데리고 가지 않기로 했다. 스테이지 4에 나오는 말칸. 놈을 상대할 때에는 팀원들이 없는 게 더 나으니까.

곧 스테이지 4가 시작된다. 과거, 수만 명의 피해자를 냈던 1번 게이트의 끝판왕 말칸이 나타난다.

신희현이 움직였다.

모든 상황이 신희현 자신의 예측대로 맞아 떨어지며 돌아갔다. 하지만 그도 전혀 예상하지 못했던 일이 하나 있었다.

5장
개쪼렙

강제 개문이 시작됐다.

스테이지 2와 스테이지 3도 제대로 클리어하지 못해서 고전하고 있다. 현재까지 사망자 수만 약 1,500명. 여태까지와는 차원이 다른 규모의 피해였다.

무엇보다도 힐러진의 번 아웃이 타격이 너무 컸다. 힐러들이 제 역할을 못 하자 피해가 눈덩이처럼 불어났다.

김상목은 침을 퉤 뱉었다.

"젠장!"

너무 쉽게 생각한 것 같았다. 말이 1,500명이지 사실은 엄청난 숫자의 사람이 죽은 거다. 그도 이 정도 피해는 처음 경험해 본다. 그리고 그제야 제대로 느꼈다. 빛의 성웅이 말하는 '위험'이라는 게 어느 정도인지.

말로 들었을 때와 직접 경험할 때. 그 차이는 하늘과 땅 차이였다.

"더블 크래쉬!"

그의 쌍검이 창을 든 리자드맨의 배를 갈랐다.

[레벨이 올랐습니다.]

레벨이 올랐지만 전혀 기쁘지 않았다.

[스테이지 4가 시작됩니다.]

몬스터 게이트가 또 열렸다. 플레이어들은 단내가 나는 침을 삼키면서 틈이 나는 대로 하늘을 올려다봤다.

"스테이지 4……."

빛의 성웅의 예측이 전부 맞아떨어졌다. 어떻게 그럴 수 있는지는 차치하고서 지금 머리부터 모습을 드러내고 있는 저놈의 위압감은 여태까지 다른 몬스터와는 차원이 달랐다.

호랑이 얼굴 형태에 두 개의 커다란 황소 뿔을 가진 대형 몬스터. 얼굴만으로도 지름 30미터의 몬스터 게이트 절반을 가득 채웠다. 머리의 크기만 해도 15미터에 달한다는 소리다.

머리 크기 15미터는커녕, 전체 크기 15미터 몬스터를 경험해 본 적조차 없는 플레이어들은 기가 다 빨리는 느낌이었다.

크기에 압도됐다. 눈동자 하나 크기가 플레이어보다 더 큰 것 같았다. 입을 크게 벌리면서 아주 천천히, 천천히 모습을 드러내고 있었는데 이빨 하나가 나무 하나 같은 기분이 들었다.

"이럴 수가……."

실제로 말칸을 보니 그 위압감은 엄청났다. 자포자기하는 플레이어까지 생길 정도였다.

"틀렸어."

"……."

도망가려고 했다.

"제기랄!"

몇몇 플레이어가 울부짖었다.

[몬스터 존을 탈출할 수 없습니다.]

불그스름한 투명한 벽에 가로막혔다. 몇몇 플레이어가 그 벽을 쾅쾅 치기도 하고 공격을 해보기도 하고 손톱으로 긁어도 봤지만 도망칠 수 없었다. 사기는 완전히 밑바닥까지 떨어졌다.

김상목이 외쳤다.

"곧 빛의 성웅이 온다. 조금만 더 버텨!"

저만치 멀리. 몬스터 게이트가 보였다.

'이 정도가 적절한 타이밍이다.'

모든 상황이 예측대로 돌아갔다. 그의 경험과 노하우를 통해 내린 예측이다. 거의 정확하게 맞아떨어졌다. 보스 몬스터 존 바운더리에서 울부짖고 있는 플레이어들도 보였다.

'이제야 제대로 경험했겠지.'

모르긴 몰라도 저 안은 생지옥일 터. 이 시대의 플레이어들은 저러한 경험을 처음 해볼 것이다. 지금의 이 피해는, 미래의 더 큰 피해를 막아줄 거다.

알림이 들려왔다.

[보스 몬스터 존에 진입하시겠습니까?]

안에서는 탈출이 불가능하다. 하지만 밖에서는 안으로 들어올 수 있다. 신희현이 안으로 들어섰다. 그리고 목까지 얼굴을 내민 말칸을 향해 걸어갔다.

한껏 사기가 오른 리자드맨들이 플레이어들을 계속해서

공격해 대고 있었다. 그런데.

"마, 말칸이 사라지고 있다!"

예상하지 못했다. 이 시나리오. 고개까지 모습을 드러낸 말칸이 다시 몬스터 게이트 속으로 숨어버렸다.

김상목은 당황했다.

"뭐, 뭐지?"

하지만 기분 좋은 당황이었다. 말칸이 사라지자 상대적으로 리자드맨들의 사기가 꺾였다. 말칸이 사라지고 빛의 성웅이 합류한 플레이어들은 사기가 높아졌다. 보스 몬스터 존도 사라졌다.

알림이 들려왔다.

[보스 몬스터 레이드가 취소됩니다.]

도망칠 수 있는 플레이어들은 도망을 쳤다. 신희현은 인상을 찡그렸다.

'강제 개문도 아니고…… 강제 폐문?'

이런 상황은 예상하지 못했다. 신희현은 윈더와 루시아를 소환했다. 말칸이 사라졌다고는 해도 위험이 사라진 건 아니다.

'윈더, 루시아. 쓸어버려.'

신희현은 고개를 저었다.

'아니, 루시아. 단도 말고 총 써.'

루시아는 안타깝다는 듯 혀를 한 번 차고 단도를 갈무리했다. 신희현은 루시아가 저러는 이유를 안다. 루시아가 보기에 리자드맨은 너무나 약한 몬스터여서 그렇다. 총을 쓸 필요도 없을 만큼 말이다.

[스킬, 애로우를 사용합니다.]

[스킬, 언리미티드 샷을 사용합니다.]

바람의 상급 정령 윈더와 루시아가 전장을 휩쓸었다. 김상목이 외쳤다.

"더블 크래…… 응?"

플레이어들을 집요하게 괴롭히던 리자드맨들이 순식간에 쓸려 나갔다. 리자드맨들은 제대로 된 반항조차 못 하고 추풍낙엽처럼 쓰러졌다. 겨우 3분 만에, 리자드맨 수십 마리가 전멸했다.

신희현이 말했다.

"말칸에 대비하기 위해 준비하고 있던 큰 기술들이었는데. 말칸이 사라지면서 이곳에 사용했습니다."

엘렌은 신희현을 쳐다봤다. 잠깐, 빛의 성웅이 맞나 싶었는데 역시 아니다. 빛의 사기꾼에 더 가까웠다. 큰 기술은 안

썼다. 대량 학살용 기술들만 썼을 뿐이다. 약한 몬스터를 상대로 한 대량 학살 기술 말이다.

빛의 성웅. 그에 대한 무용담이 일파만파 퍼져 나갔다. 언제나 그렇듯 소문은 과장을 낳았고 빛의 성웅은 신과 같은 엄청난 무력을 가지고 있는 것처럼 묘사됐다.

"그거 알아? 말칸이란 놈이 빛의 성웅 보고 쫄아서 도망갔대."

"리자드맨은?"

"리자드맨은 너무 약한 몬스터라 빛의 성웅을 못 알아본 거지."

"……그 리자드맨한테 1,500명 넘게 죽었다며?"

신희현이 들었으면 황당해할 얘기다. 원래 2만 명이 넘게 죽는 게 정상이다. 리자드맨은 현재의 플레이어들 수준에서는 굉장히 강한 몬스터다.

"그만큼 빛의 성웅이 압도적이라는 거지."

전면에 모습을 드러낸 이후, 알림음이 들려오는 빈도가 잦아졌다.

[성웅의 조건을 만족하였습니다.]

[성웅의 증표에 긍정적인 영향을 끼칩니다.]

빛의 성웅, 그러니까 신희현은 말칸이 도망친 이유를 알았다. 우습게도 사람들의 추측이 거의 맞았다. 신희현의 강함을 알아본 말칸이 꼬리를 말고 도망쳤다. 과정이야 어찌 됐든 결과적으로는 맞았다.

'제왕의 발톱 때문이겠지.'

깜빡하고 있었다. 제왕의 발톱 때문에 놈이 도망쳤다.

최용민이 말했다.

"신희현 씨께서 말씀하신 모든 것이 맞아떨어졌습니다."

그리고…… 스테이지 4가 도래하면 모두가 죽을 거라는 그 말도 사실이었겠지요.

그 말은 삼켰다.

신희현이 말했다.

"말칸을 밖으로 끄집어내야 합니다. 그래야 몬스터 게이트가 완벽하게 사라집니다."

7개의 몬스터 게이트. 최후의 던전에 입성하기 전까지 5개를 파괴했었다. 2개는 그대로 있었다. 그리고 그 2개의 몬스터 게이트는 인류를 계속해서 괴롭혔었다.

몬스터 게이트는 없애는 것이 가장 좋다.

"말칸을 밖으로 끌어낼 수 있는 방법이…… 있습니까?"

"있습니다. 군의 협조가 필요하겠지만."

군 내부에서도 말이 많았다.

"안 될 말입니다. 여론이 너무 안 좋습니다. 그런데 또 공격을 감행하라니……."

"오히려 실추된 군의 명예를 끌어올릴 수 있는 기회입니다. 빛의 성웅이 군에 공식적으로 요청을 한다면 말입니다."

"군과 플레이어가 유기적인 협조 관계를 구축하고 있다는 것을 보여줄 수 있는 단면이 될 수 있을 겁니다."

군 내부에서도 회의를 거쳤다. 결국 이 사안은 대통령인 이재호에게까지 올라갔다. 그리고 그 결과 군과 고구려, 그리고 빛의 성웅이 함께 작전을 진행하게 되었다.

빛의 성웅이 먼저 군에게 도움을 요청했다는 것이, 방송 보도의 골자였다.

−몬스터 게이트 강제 개문 준비.

−빛의 성웅, 몬스터 게이트 파괴 선언.

사람들은 빛의 성웅이 왜 굳이 위험을 무릅쓰고 몬스터 게이트를 없애려 하는지 이제는 알 수 있었다.

"그건 너무 위험한 거니까."

"그래서 빛의 성웅이 목숨을 걸고 몬스터 게이트를 파괴하려는 거야."

말칸이 신희현을 무서워해서 도망쳤다는 말은 말 그대로 루머였다.

어쨌든 플레이어와 일반인에게 있어서 말칸은 공포의 대상이었고 빛의 성웅은 그 공포의 대상과 대적하려는 정의의 용사였다.

"빛의 성웅이라는 클래스…… 영웅의 역할만 맡아야 하는 건 아닐까? 그런 퀘스트가 있다거나."

"그럴 수도 있지. 어쨌든 사람들에게 도움이 되는 일들만 하잖아."

이쯤 되면 영웅이라고 해도 손색이 없을 정도다. 실제로 빛의 성웅은 인류에게 도움이 되는 일들만 해오고 있었으니까.

전투기들이 출격했다. 몬스터 게이트를 공격하기 시작했다.

콰광!

콰과광!

여의도 상공에서 폭발음이 터져 나왔다. 일반 시민은 이미 모두 대피한 상태. 몬스터 게이트가 개문될 수도 있다는 소식이 전해지면서 너 나 할 것 없이 스스로 대피했다.

과거와는 사뭇 달랐다. 김상목이 투덜거렸다.

"평소엔 죽어도 말 안 듣더니…… 한 번 큰 사고 나니까 그제야 대피하네."

최용민은 고개를 끄덕였다.

'일반인뿐만 아니라…… 플레이어들의 마음가짐도 많이 달라졌어.'

빛의 성웅이 노린 대로 됐다. 그리고 빛의 성웅은 사람들의 정신적 지주로 우뚝 올라섰다. 단 한 번의 커다란 사건을 통해서 말이다.

공략의 방을 통해 입지를 계속 다져 오다가 커다란 임팩트로 사람들의 뇌리에 각인됐다. 마치 누군가가 시나리오를 짜고 있는 것처럼.

"몬스터 게이트에서 빛이 새어 나오기 시작했습니다."

"언론과 플레이어, 일반인 모두 대피를 완료했습니다."

빛의 성웅 혼자서 클리어를 진행하기로 했다. 주위엔 아무도 없었다. 전투기 소리와 폭발음만 들릴 뿐.

'오히려 잘됐다!'

제왕의 발톱은 일부러 민영에게 맡기고 왔다.

'그러면 이제…….'

최소 인원, 최단 시간 클리어를 할 수 있겠네.

피식 웃었다.

'최저 레벨은 못 하겠고.'

노블레스 클리어까진 어려워도 적어도 S등급 클리어까진 받을 수 있을 거다. 여기서 성장형 아이템이라도 하나 받으면 아주 이득이다.(일반 아이템은 별로 쓸모없다. 신희현의 레벨이 너무 비정상적으로 높다.)

"언제 나오지?"

엘렌이 대답했다.

"목숨을 걸고 보스 몬스터 레이드에 나선 빛의 성웅다운 태도가 아닙니다."

"……그거야 사람들이 그렇게 오해를 하는 거지."

그걸 신희현 플레이어가 유도하지 않았습니까.

엘렌은 따지고 싶었지만 참았다. 역시 빛의 사기꾼이 맞았다. 몬스터가 도망가지 말라고 아이템도 빼고 온 사람한테 무슨 말을 더 하겠는가.

몬스터 게이트에서 새어 나오는 빛이 점점 더 커졌다. 수많은 플레이어를 공포로 몰아넣었던 스테이지 4의 보스 몬스터 말칸이 다시 모습을 드러냈다.

입을 크게 벌리고 포효했다. 사자후를 터뜨렸다. 그것은 마치 강대한 폭풍 같았다.

[외부의 힘이 작용합니다.]

[불굴의 의지+7이 저항합니다.]

[저항에 성공했습니다.]

완벽하게 성공했다. 신희현은 레벨 디텍터를 사용했다.

[레벨 286]

피식 웃었다. 개쪼렙이다. 루시아를 소환했다. 루시아가
하늘을 올려다봤다. 그리고 은근슬쩍 허리춤의 단도를 매만
졌다. 신희현은 제지하지 않았다. 신희현의 눈치를 살피며
은근슬쩍 단도를 손에 쥐었다. 그리고 물었다.

"죽입니까?"

신희현은 봤다. 루시아가 또 총이 아닌 단도를 꺼내 드는
것을. 굳이 또 어려운 길로 돌아가려고 한다. 손맛이 좋다나
뭐라나.

'저 거대한 놈을 상대로?'

과거에는 잡을 수 없었던 규격 외 몬스터. 말칸이 포효를
내지르며 모습을 드러냈다.

호랑이의 얼굴, 황소의 뿔. 전체적인 형상은 거대한 호랑
이에 가까웠다. 전체적인 크기는 약 60미터에 달했다. 이 정

도면 과거 기준으로도 준대형급의 거대한 몬스터다.

'놈을 빠르게 잡을까.'

완전히 압도적인 무력을 보여서 빠르게 잡아버릴까, 그도 아니면 조금 천천히 잡으면서 말칸에 대한 정보를 빼낼까 고민했다.

'말칸은 1번 게이트 이후로 단 한 번도 모습을 드러낸 적이 없어.'

더 정확하게 말하자면 있기는 있다. 최후의 던전에서 신희현이 속해 있던 7팀 말고 2팀이 말칸과 만났다고 했다. 그런데 그 당시 기준에서는 말칸이 그리 강력한 개체가 아니어서 쉽게 잡았다고 했다.

그렇다면 결국 빨리 잡아버리는 게 이득이라는 소리다. 최저 레벨은 어차피 물 건너갔고 최단 시간, 최소 인원을 만족하기로 했다.

신희현은 칸드를 제외한 소환 영령들도 소환했다.

'마틴, 너도 공격해.'

마틴은 탱커다.

'알겠습니다!'

공격을 전문으로 하는 탱커는 아니지만, 일단 레벨 격차가 200 정도 난다. 그러면 클래스의 상성 같은 건 무시되고도 남는다.

제아무리 물리 공격이 약한 마법사라도 레벨이 200쯤 차이 나는 몬스터를 잡을 때엔 맨손으로도 때려잡는 법이다. 하물며 마틴은 탱커.

"그런데 형님, 손이 닿질 않습니다. 저놈이 내려오질 않습니다."

신희현이 피식 웃었다. 제왕의 발톱을 놓고 왔는데도 그렇다. 어쩌면 저놈은 자신의 얼굴을 기억하고 있을는지도 모른다.

'그런 의미에서 말칸은 지능을 가진 첫 번째 몬스터가 되는 건가.'

지능을 가진 몬스터는 과거를 기억하고 있고 상대를 알아본다. 과거에는 '데스 리치'가 지능을 가진 첫 몬스터였다. 그놈을 잡을 때 300명의 사상자가 났었다. 그게 이번에는 바뀌는 모양이다.

마틴이 어그로를 끌겠다고 소리를 질렀다.

"야, 이 뚱땡이 대갈빡 자식아! 내려와랏!"

쿠와아앙!

포효를 내지르던 말칸은 입을 다물었다. 마틴의 기세에 눌렸다. 마틴은 어그로를 끌기 위해서 소리를 내질렀는데 오히려 역효과만 났다.

상급 바람 정령 윈더가 놈을 공격했다.

[스킬, 애로우를 사용합니다.]

루시아 역시 아쉽다는 듯 단도를 내려놓고 바주카포를 들었다.

"나, 나도 활약을 하고 싶소!"

불과 3일 전, 리자드맨들을 상대로 엄청난 무력을 선보이며 플레이어들에게 동경의 대상이 되었던 라비트는 오른손에 레이피어를 든 채 깡총깡총 뛰면서.

"이놈아! 내려와랏! 보아하니 포유류 같은 데 부끄럽지도 않은 것이냐!"

소리를 질렀다.

결과적으로 말하면 라비트와 마틴은 단 한 번의 공격도 성공시키지 못했다. 윈더와 루시아가 전부 다 했다.

최용민에게 보고가 올라갔다.

"안쪽 상황은 파악할 수 없었습니다. 보스 몬스터 존의 영향 때문입니다."

보스 몬스터 존 때문에 안쪽에서 전투가 어떻게 진행되는지 알 수 없었다.

'어느 정도의 시간이 걸릴 것인가.'

최용민은 확신했다. 빛의 성웅은 말칸을 잡고도 남을 것이다. 어떤 방법을 쓸지는 모르겠다. 하지만 빛의 성웅은 온갖 공략을 꿰고 있으며 아직 밝혀지지도 않은 수많은 스킬을 가지고 있다. 분명 어떻게든 할 거다.

'1시간?'

아니, 그건 너무 짧다.

'2시간?'

수만 명의 플레이어가 스테이지 2를 1시간 내에 클리어하지 못했다. 그런데 지금은 신희현 혼자이며 스테이지 4다.

'적어도 3시간은 걸리겠지.'

그래야 좀 인간답지 않은가.

약 10분이 흘렀다.

"보스 몬스터 존이 사라지고 있습니다."

"……뭐라고?"

신희현이 레이드에 들어간 지 겨우 10분 만에 말칸 레이드가 끝나 버렸다.

'10분…… 이라고?'

정말이란다. 10분 만에 레이드가 끝났단다.

최용민은 아무런 말도 하지 못했다.

"……."

신희현은 말칸 사냥을 끝냈다. 뭐랄까, 조금 허무했다. 좋기는 좋은데 허무한 기분이었다.

'이렇게 쉬운 놈이었나.'

별다른 공략도 필요 없었다. 애초에 말칸은 겁부터 집어먹은 상태였고 별다른 저항도 하지 않았다. 루시아와 윈더의 맹공 속에 말칸은 허무하게 죽어버렸다.

그러나 보상은 결코 허무하지 않았다.

[노블레스 등급 클리어로 인정됩니다.]

사실 노블레스 등급 클리어는 안 될 거라 생각하고 있었다. 하지만 아니었나 보다.

'원래…… 클리어가 불가능했었지.'

그 불가능한 걸 가능으로 바꿔 버렸다. 다시 생각해 보면 어처구니없는 일이기도 하다.

지금은 자신이 공략을 많이 풀어서 플레이어들의 레벨 평균이 150 정도 된다. 최상위급들 같은 경우는 200을 넘겼다.

과거, 같은 시기에는 최상위급 플레이어들이 겨우 150도 안 됐었다.

그런 놈들에게 레벨 300에 근접한 말칸을 내려 보내다니.

'반드시 HAN을 얻고 만다.'

잠시 잊고 있었다. 이 시스템에 대해서. 다시 한번 HAN을 얻고 싶다는 욕망이 피어올랐다.

이런 게 왜 생겼는지, 혹시 신이 있다면 그 신이라는 놈이 만든 것인지 알고 싶어졌다.

[축하합니다!]

[노블레스 등급 클리어 27회를 달성하였습니다!]

이제는 노블레스 등급 클리어만 가지고는 별로 감흥이 없다. 익숙해졌다. 궁금한 건 보상이었다.

'원래는 못 잡는 놈을 잡았으니까.'

모르긴 몰라도 굉장히 좋은 보상을 줄 거다. 그래서 기다렸다. 사실 레이드는 3분 만에 싱겁게 끝났는데 보상 산정이 한 5분 넘게 걸렸다.

[앰플러스 네임 포인트가 주어집니다.]

신희현은 고개를 번쩍 들었다.

'앰플러스 네임 포인트?'

신희현은 집으로 돌아왔다. 이번 보상은 특별했다. 그도 처음 듣는 보상이었다.

'자유 포인트 상위 등급 포인트인가.'

일반적인 포인트 보상이라 함은 '자유 포인트'가 있다. 이 자유 포인트는 아이템을 업그레이드할 수도 있고 스킬을 업그레이드할 수도 있으며 심지어 레벨을 올릴 수도 있다.

그런데 자유 포인트로 업그레이드할 수 없는 게 하나 있다. 바로 위대한 이름 '앰플러스 네임'이다.

현재 신희현이 가지고 있는 앰플러스 네임은 무려 두 개. '빛의 성웅'과 '앞서가는 자'다. 두 앰플러스 네임의 효과는 다음과 같았다.

〈앰플러스 네임 – 앞서가는 자〉

(1) 모든 상황에서 경험치 20퍼센트 추가 획득. 타 효과와 중복 인정

(2) 던전 내 길잡이 역할 수행 시 추가 경험치 20퍼센트 인정

(3) 길잡이 전용 스킬 쿨타임 30퍼센트 감소

〈앰플러스 네임 – 빛의 성웅〉

⑴ 밝음의 여신 라이나의 축복

⑵ 개척+1

현재 신희현은 과거, 노블레스 3회 연속 클리어 위업을 달성하면서 '앰플러스 네임 효과 업그레이드'라는 보상을 얻었었다. 그래서 일반 개척이 아닌 개척+1의 효과를 가질 수 있게 되었다.

개척+1을 통하여 공략의 방을 만들어 그곳에 건물을 세우고 플레이어들이 모이는 장소를 제공했다. 그에 따라 커다란 수익을 얻고 있는 중이고. 때에 따라 다르지만 보통 하루 2억 코인 정도 벌어들이고 있다.

현재 코인:현금의 시세 비율은 약 2:1 정도 된다. 다른 말로 표현하자면 신희현은 양평 치즈 판매 수익 외에 공략의 방을 통해 얻는 수수료 및 월세로 하루 1억 정도를 벌고 있다는 소리다.

어쨌거나 과거에는 '효과'를 업그레이드했었다. 그런데 지금은 '앰플러스 네임' 그 자체를 업그레이드할 수 있단다.

'나는…….'

앞서가는 자, 빛의 성웅. 두 개의 앰플러스 네임 중 무엇을 골라야 할지 고민했다.

일단 앞서가는 자는 그 효과가 너무나 좋다. 듀얼 클래스를 가진 그에게 안성맞춤인 앰플러스 네임이다.

그런데 빛의 성웅이 끌렸다.

'정령왕 칸드를 부릴 수 있게 된 것도 라이나 덕분이었지.'

현재 신희현이 가지고 있는 패 중, 가장 강력한 패는 칸드다. 그런데 그 칸드는 라이나가 없었으면 다루지 못했을거다.

라이나는 칸드보다도 강력한 존재라는 소리다. 등급은 임페리얼 노블레스.

'라이나의 축복이 효과였는데…….'

그래서 라이나와 계약을 맺고 라이나가 자신의 수호신이되지 않았던가. 만약 이것이 조금이라도 더 발전된 형태가된다면?

'뿐만 아니라 개척 효과도 무시할 수 없다.'

'개척+1'이 없었다면 지금의 빛의 성웅도 없었다. 공략의방이 없었다면 성웅의 증표를 이렇게까지 업그레이드시키지못했을 거고, 그랬다면 이 정도로 경이로운 레벨 업 속도를보이지 못했을 것이다.

'나는…….'

결정했다.

빛의 성웅을 업그레이드하기로.

신희현은 아주 잠깐, 자신의 선택을 후회했다.

예전, 영웅의 각인을 몸에 새길 때보다도 훨씬 더 엄청난 고통이 온몸을 엄습했다. 그나마 다행인 건.

[불굴의 의지+7이 저항합니다.]
[사망 확률이 10퍼센트로 감소합니다.]

사망 확률이 10퍼센트로 감소했다는 것 정도.

다시 말하자면 치사율이 10퍼센트에 이른다는 소리다.

'제기랄……!'

신희현은 제자리에 누워 한동안 숨을 헐떡였다. 입고 있던 옷이 전부 불탔고 몸의 털이란 털은 모두 사라져 버렸다.

아무도 없는 어두운 공간. 너무 어두워서 자신의 몸조차도 보이지 않는 그런 곳에 신희현은 누워 있었다. 일어서지 못했다. 아까의 그 강렬했던 통증이 아직도 몸에 남아 있는 것 같은 착각이 들었다.

[앰플러스 네임: 빛의 성웅 업그레이드 과정이 완료되었습니다.]
[수호신과의 상성을 고려하여 앰플러스 네임이 선택됩니다.]

시간이 흘렀다.

[축하합니다!]
[앰플러스 네임 '밝은 빛의 성웅'이 수여됩니다.]

신희현의 수호신은 밝음의 여신 라이나다. 아무래도 그것의 영향을 받은 것 같았다.

목소리가 들려왔다.

―제법이네?

"당신은……."

귀에 익은 목소리다. 예전에 들어본 적이 있다. 목소리가 또 들려왔다.

―입 열지 마. 지금 회복 중이니까. 회복이 더뎌져. 교감을 통해 이어져 있으니까 그냥 생각만 해도 충분해.

그리고 또 호호호 하고 웃음소리가 들려왔다.

―너 제법 재미있네. 나랑 약간은 대화도 가능해졌어. 나에 대한 친화도가 훨씬 높아졌잖아?

'당신은 라이나가 맞습니까?'

―맞아. 자세한 설명은 저기 꼬맹이한테 들으면 되겠네.

꼬맹이가 누군고 하니, 바로 엘렌을 말하는 것인 듯했다.

―네가 조금 나아지기는 했지만, 그래도 여전히 허접이란

말이야. 그러니까 내 힘을 끌어낼 수 없어. 내 힘을 빌려줄 생각도 없고. 아직 너는 개쪼렙이거든.

그리고 또 목소리가 이어졌다.

─그래도 뭐, 열심히 노력하면 아주 조금, 내 힘을 꺼내 쓸 수는 있을 수도 있는 아주 미약하고도 미약하고도 아주아주 적은 가능성은 생긴 셈이네.

신희현은 거기까지 듣고 정신을 잃었다. 시간이 흘렀다. 정신을 차려보니 침대 위였다. 침대는 땀으로 흠뻑 젖어 있었다. 머리를 만져 봤다. 빠졌던 머리카락이 원래대로 돌아왔다. 옷도 원래 입고 있던 그 상태 그대로였다. 뭔가, 꿈을 꾼 것 같은 기분이었다.

엘렌이 말했다.

"정신이 드십니까?"

"……응."

엘렌은 한동안 신희현을 쳐다봤다. 그녀의 눈빛이 예전과는 많이 달라졌다. 맨 처음의 엘렌은 사무적이기만 했다. 하지만 이제는 제법 인간(?)다워졌다. 걱정 가득한 눈으로 신희현을 쳐다보던 엘렌은 문득 정신을 차렸다.

"앰플러스 네임의 등급 향상으로 인한 변화가 있었습니다."

그리고 혹시나 싶어서 말했다.

"저는 별로 걱정하지 않았습니다."

신희현이 몸을 일으켰다. 팔을 움직여 봤다. 컨디션은 매우 좋았다.

"알겠어."

"정말입니다."

"알겠으니까 뭐가 어떻게 바뀐 건지. 제대로 설명 좀 해줘."

피식 웃었다. 엘렌은 이 말을 유독 좋아한다.

"파트너."

엘렌의 얼굴이 조금 상기됐다. 약간 흥분한 것 같았다. 파트너로서 임무를 다할 수 있을 때, 그녀는 조금 흥분한다.

"알겠습니다. 설명 드리겠습니다."

설명이 이어졌다.

6장
자존심 전쟁

앰플러스 네임이 업그레이드가 될 수 있다는 것. 신희현은 그것을 이번에 처음 알았다. 과거에는 이런 적이 없었다. 혹여 있었더라도 신희현은 몰랐다.

　'하기야…….'

　과거와 비교하기엔 이미 너무 많은 것이 달라졌다.

　아탄티아 던전을 기점으로 최상위급 플레이어들의 레벨이 400대 전후였다. 그 유명한 불의 법관 강민영의 레벨이 400대 초반. 그녀를 꺾었던, 불의 정령왕을 소환한 덕분에 불의 제왕이라 불렸던 강동훈도 그 정도였을 거라고 짐작하고 있는 중이다.

　그런데 그걸 아득히 초월해 버렸다. 이 시기에 말이다.

'너무 좋은데.'

너무 좋아서 걱정이 될 지경이다. 이 페이스만 유지한다면, 어쩌면 HAN에 쉽게 다가갈 수 있을지도 모를 일이다.

'하지만 그렇게 쉽지는 않겠지.'

불의 법관도, 불의 제왕급의 최상위급 플레이어들조차도 감히 범접할 수 없었던 폭군 강유석. 그 역시 혼자서는 최후의 던전을 클리어하지 못했다.

어쩌면 플레이어로서 강해질 수 있는 한계가 정해져 있을지도 모를 일이다. 그 한계에 달해 있던 플레이어가 강유석이었을 거고.

'어쨌든.'

어쨌거나 현 상태는 매우 좋다. 앰플러스 네임이 '밝은 빛의 성웅'으로 업그레이드되면서 밝음의 여신 라이나와의 친화력이 굉장히 높아졌단다.

당장 그게 어떤 체감으로 다가오는 건 아니었다.

하지만 라이나가 말했다. 가능성이 생겼다고.

칸드조차도 무릎 꿇리는 그 강대한 힘을 조금이라도 사용할 수 있다면? 엄청난 이득이 될 거다.

"개척 효과가 업그레이드됐습니다. 그에 관한 자세한 설명을 열람하겠습니다."

신희현은 고개를 끄덕였다. 개척 효과가 업그레이드되면

서 그는 방 하나를 더 오픈할 수 있게 됐다.

"방을 하나 더 오픈 가능합니다. 이에 필요한 경비는 100억 코인입니다."

"100억……?"

현금으로 치면 약 50억이다.

"예, 100억 코인이 필요합니다. 방의 이름과 입장료를 플레이어가 설정할 수 있습니다. 현재까지 사냥했던 몬스터들에 한해 방에 생성할 수 있습니다. 단, 몬스터에 따라 소환 코인이 필요합니다."

신희현은 잠시 눈을 감았다. 이런 것까지는 생각하지 못했다. 어쩌면 헬퍼가 초기에 말했던 '관리자'에 조금 더 가까이 다가간 게 아닐까 싶었다.

'관리자.'

분명 뭔가 있기는 있다. 뭔지는 모르겠지만.

'방 생성…….'

막대한 코인이 필요하다. 당장 방 생성에만 100억 코인이다. 엘렌이 진지한 표정으로 말을 이었다.

"막대한 초기 비용과 함께 운영하는 데에도 많은 코인이 소모됩니다. 가이드를 고용하는 것에도 월 1,000만 코인이 소모됩니다."

신희현이 피식 웃었다.

"완전 싸네?"

당장 강남의 건물만 해도 50억 훌쩍 넘는 게 널리고 널렸
다. 그런데 강남 건물 따위가 아니라, 방 하나를 통째로 설립
할 수 있는 거다. 물론 유지비는 따로 들겠지만. 그 안에서
생성되는 수익은 어마어마할 터.

'몬스터를 내가 선택하여 생성할 수 있다라.'

돈 되는 몬스터, 레벨 업이 쉬운 몬스터. 그런 몬스터는
정해져 있다. 그리고 그런 몬스터는 대부분 싹쓸이한 전적이
있다.

'입장료를 지불해서라도 들어오고 싶은 플레이어들은 널
리고 널렸어. 획득하는 코인에 대한 수수료에…….'

정말 획기적인 건 그다음이었다.

"플레이어들이 획득하는 경험치에 대한 수수료를 부과할
수 있습니다. 경험치의 일부가 신희현 플레이어의 경험치로
인정됩니다."

신희현은 눈을 끔뻑거렸다. 이건 대박이었다.

사실상 레벨 400을 돌파하기 시작하면서 레벨 업 속도는
눈에 띄게 느려졌다.

솔직히 말하면 레벨 업이 거의 안 된다. 가장 강한 보스 몬
스터 레벨이 200대 후반이다. 레벨 400까지 올린 것만 해도 기
적이다. 노블레스 등급 클리어를 27회나 달성하면서 말이다.

'수만 명의 플레이어가 경험치를 물어다 준다면.'

혼자 사냥하는 것보다 수만 배로 빨라진다는 소리다. 엘렌이 말을 이었다. 그녀는 파트너로서 신희현이 어떤 설명을 원하는지 단박에 눈치챘다.

"물론, 성웅의 증표. 앞서가는 자의 효과와 중복 적용이 가능합니다."

"······."

그리고 엘렌은 스스로 자랑스러워했다. 지금 신희현이 눈을 크게 뜨는 것을 보니 알게 모르게 뿌듯했다.

그렇다. 좀처럼 놀라지 않는 플레이어를 놀래키는 것. 이것이 바로 파트너를 하는 묘미 아니겠는가!

그녀는 행복해졌다.

어쨌든 단순 계산만 해도 엄청난데 성웅의 증표, 앞서가는 자의 효과가 맞물리게 되면 그 효과는 상상도 할 수 없을 정도가 될 것이다.

"이건 무조건 해야 되네."

빛의 성웅을 업그레이드하길 잘했다. 이제는 그냥 빛의 건물주 아니고 밝은 빛의 건물주쯤 되겠다.

"돈은 좀 손해 봐도 해야 되는 거야."

돈은 괜찮다.

"라비트가 있잖아."

엘렌은 신희현의 미소가 왠지 모르게 조금 사악한 것처럼 느껴졌다.

"한정판 스페셜 에디션이라고 팔아야지."

아마도 그쪽 고위 관료들은 엄청난 웃돈을 주고서라도 살 테지.

신희현의 미소가 짙어졌다.

그 말을 들은 강민영은 진심으로 축하해 줬다.

"오빠, 오빠 말대로라면 정말 대박이네!"

그러고서는 사랑에 가득 찬 눈으로 신희현을 쳐다봤다.

내 남자가 이 정도다. 내 남자 친구 최고. 내 남자 친구 짱.

제삼자가 들으면 유치하고 오그라들어 어디 숨고 싶을 말들을 아무렇지도 않게 했다.

그 유치한 말들에 신희현은 기분이 매우 좋아졌다. 세상 사람들의 인정과 관심보다 민영 한 명의 인정이 더 좋다. 좀처럼 허세를 부리지 않는 신희현의 어깨가 넓게 펴졌다.

"그렇지? 오빠가 이 정도야."

"완전 멋있어!"

둘의 세계는 여전히 달콤했다. 엘렌은 눈살을 찌푸렸다.

저 둘의 대화를 듣고 있노라면 날개가 자꾸만 구부러졌다. 옆에서 들으면 정말 창피하기 그지없는데 저 둘은 뭐가 그렇게 좋은지 시시덕거렸다.

"초기 비용 100억 코인에…… 몬스터에 따라 유지비가 달라지는데…… 아무리 입장료를 받고 수수료를 뗀다 하더라도 손해가 날 거야."

"그래도 해야지. 돈 주고 경험치 사는 거잖아."

강민영이 활짝 웃었다. 신희현과 짠 것도 아닌데 이렇게 말했다.

"양평 치즈 한정판 스페셜 에디션 만들자!"

어쨌든 라비트는 웃었다.

"오! 이렇게 훌륭한 것이 있었다니!"

사실 그냥 스페셜 에디션이랑 별로 차이 없다. 손으로 만든 치즈일 뿐이다. 손으로 만든 거라 수량은 한정되어 있다. 하지만 라비트는 눈물을 글썽거렸다.

"이 정도 상품이라면 내 당장에라도 100억 코인에 구매하겠소! 아버지께서도 허락하실 거요! 수집가들이 아주아주 좋아하겠군!"

라비트도 웃고 신희현도 웃었다. 라비트는 소심하게 말했다.

"그런데 나 하나만 먹으면 안 되겠소?"

새로운 방, '사냥의 방'이 오픈되었다. 레벨 업에 특화된 '레벨 업 존'과 좋은 아이템을 드랍하는 '아이템 존', 그리고 스킬 숙련에 특화된 '스킬 존'으로 구분되어 있었다.

몬스터를 잡으러 다니려고 고생할 필요도 없었다. 원하는 몬스터가 무리지어 있었다.

"대박이네."

아주 위험하지 않은 건 아니었다. 하지만 던전보다는 훨씬 안전했다. 게다가 공략의 방에서 풀린 공략에는 어떤 몬스터가 어디에 있는지, 또 그 몬스터는 어떤 특성을 가지고 있는지 자세하게 설명되어 있었다.

"빛의 성웅은 이런 걸 도대체 다 어떻게 아는 거야?"

"클래스가 완전 스페셜 클래스잖아."

세상 사람들은 '빛의 성웅'이 클래스인 줄 안다.

"경험치의 2퍼센트가 수수료로 까인대."

"그 정도면 껌이지."

2퍼센트 정도. 그냥 줘도 된다. 일반적인 플레이어들은 '사냥의 방' 오픈을 굉장히 반겼다. 그런데 최용민은 조금 달랐다.

'수수료라.'

여태까지는 그런 적이 없었다. 수수료를 떼는 방이라니.

'지나치게 플레이어를 배려한 형태의 방이다.'

어쩌면.

'수수료를 빛의 성웅이 가져가는 건가?'

그렇다면 안 그래도 강한 빛의 성웅이 더욱더 강해질 텐데.

하지만 빛의 성웅도 그 부분에 대해서는 언급하지 않아 알수 없었다.

'만약에라도 그렇다면.'

빛의 성웅이 저 방을 만들고 조종하는 것이라면? 그리고 저곳에 플레이어들을 모아놓은 뒤, 말칸같이 강력한 몬스터를 생성시킨다면? 생각만 해도 끔찍했다.

'그럴 일은 벌어지지 않겠지.'

그러려면 진즉에 했을 거다. 지금 신희현은 독보적인 능력을 가지고 있으니까.

'신희현이 최후에 노리는 것은 무엇인가.'

최용민은 신희현이 그냥 성웅이 아닌 것은 알고 있다.

뭔가, 뭔가 노리는 것이 있다.

그게 최후의 보상 'HAN'인 것은 모르고 있지만.

어쨌든 신희현은 HAN을 얻기 위한 준비를 차근차근하고 있는 중이다. 신희현이 말했다.

"켈트 던전이 얼마 뒤에 오픈될 거야."

신강철은 별로 걱정하지 않는 모양새였다.

"그래 봤자 약할 것 같은데……."

신강철은 너무나 쉽게 여기까지 왔다. 위기감이 별로 없었다. 사실 그럴 만도 했다. 다른 최상위급 플레이어들과도 레벨 격차가 거의 200이 나니까.

신희현이 말했다.

"거기엔 희아랑 나, 그리고 유석이. 이렇게 셋이서 갈 거야. 그리고 시간이 굉장히 오래 걸릴 거야."

정확한 공략이 없다. 그곳은. 하지만 반드시 클리어해야만 하는 곳이기도 했다.

강유석은 고개를 끄덕였다.

"전 뭘 준비하면 돼요?"

"상급 간소화 주머니 여러 개."

켈트 던전을 클리어하면 아탄티아 던전 클리어에 반드시 필요한 아이템을 얻을 수 있을 거다.

"그리고 무전기."

켈트 던전을 클리어하기 위한 준비에 들어갔다.

신희현은 최용민을 만났다.

"상급 간소화 주머니가 필요합니다. 이번 경매에 나오는 것 같던데요."

"이번 경매에 물량이 두 개 풀립니다."

고구려가 한 달에 한 번, 상급 플레이어들을 대상으로 경매를 연다. 신희현이 아무리 강해도 몸이 하나다. 모든 아이템을 전부 섭렵할 수는 없다. 필요할 때엔 사야 한다.

'두 개라.'

신희현에게 상급 간소화 주머니가 이미 두 개 있다. 두 개를 더 사면 네 개.

최용민이 말해줬다.

"이번 경매에는…… 틸랄 왕자가 참여합니다. 그 역시 간소화 주머니를 노리고 있다고 들었습니다."

신희현은 인상을 찡그렸다. 틸랄은 플레이어가 아니다. 하지만 유명했다. 이명은 '수집가'였다. 수집가 틸랄. 그는 자기가 갖고 싶은 물건은 어떻게든 사는 인간으로 유명했다.

'쉽지 않겠어.'

그래서 라비트에게 자문을 구했다. 라비트가 대답했다.

"아버지께 여쭤보겠소."

시간이 조금 흘렀다. 신희현은 라비트를 재소환했다.

"아버지께서 친히 친필 문서를 작성하여 주셨소."

편지였다. 시작은 이러했다.

친애하는 빛의 성웅께.

이렇게 인사를 드리게 되어 반갑습니다. 부족하지만 라비트의
아비되는 로날드입니다. 귀하의 가정에 영원한 안녕과 평강이 깃
들기를.

이라고 시작되는 그 편지의 내용을 요약하자면.

내 든든한 동업자에게 많은 코인이 필요할 수 있다 들었습니다.
본가는 그에 상응하는 지원을 하도록 하겠습니다. 본가의 또 다른
전성기를 일궈준 귀하는 본가의 도움을 얻을 자격이 있습니다.

친애하는 빛의 성웅이여. 돈 위에 돈이 있다는 것을 증명하여
주십시오. 본가가 지원하겠습니다.

와 같았다.

라비트가 말했다.

"그놈의 추정 자산이 얼마라고 했소?"

"200조 정도 돼. 공식적인 것만."

라비트가 피식 웃었다.

"기름이라는 건 가치가 별로 없나 보군. 수십 년 동안 기
름을 팔았는데 겨우 그 정도라니."

그렇다기보다는 시장의 규모가 다른 거 아닐까.

신희현은 대답하지 않았다.

"70억 인구를 상대로 기름을 파는 놈과 200억 인구를 상대로 모든 물품을 파는 본가요. 겁먹지 말고 맞서 싸우시오."

라비트는 자신의 가문에 대한 자부심에 어깨를 쭉 폈다.

"기름은 없어도 살지만 치즈는 없으면 죽소."

그리하여 경매가 시작됐다. 상급 간소화 주머니가 등장했다. 경매장이 술렁거리기 시작했다. 다름 아닌.

"3,000만 원."

누군가가 3,000만 원을 불렀기 때문이다. 상급 간소화 주머니가 좋은 아이템인 건 맞지만 3,000만 원의 가치가 있는지는 의문스러웠다. 상급이 없으면 중급 써도 되고, 아니면 헬퍼를 족쳐서 일반 간소화 주머니를 받아도 되지 않는가.

"4,000만 원."

심지어 1,000만 원 단위씩 올라갔다.

"5,000만 원."

그들은 여유로웠다.

"6,000만 원."

단위가 천만 원씩 올라갔다.

"1억 원."

그것만으로도 놀라운데 한 번에 4,000만 원이 뛰었다.

"2억 원."

심지어 1억씩 뛰었다.

"3억."

신희현은 라비트의 말을 떠올렸다. 3억 넘으면 그냥 10억 단위로 부르라고. 그리고 30억을 넘으면 100억 단위로 부르란다. 사실 이쯤 되면 신희현도 별로 금전 감각이 없다.

"10억."

"20억."

"30억."

이쯤 되니, 경매장은 조용해졌다. 그 어떤 아이템들보다도 비싼 가격에 매겨졌다. 이쯤 되자 저 상급 간소화 주머니에 엄청난 아이템이 숨겨져 있는 건 아닐까 하는 생각이 들 정도였다.

신희현이 말했다.

"130억."

모두가 입을 쩍 벌렸다. 하지만 경매 전쟁은 아직 끝나지 않았다. 수집광 틸랄 왕자의 자존심에 금이 갔다. 이제는 자존심 싸움이다.

7장
떨어지면 죽는다

신희현은 든든한 우군을 얻었다. 라비트가 말을 전해 왔었다. 500억이 넘어가면 그냥 무조건 두 배를 외치라고. 돈 따위보다는 신뢰하는 사업 파트너의 자존심이 더 중요하다고 말이다.

'정말 잘된 일이야.'

과거, 신희현은 틸랄 왕자를 거의 증오했었다.

틸랄 왕자는 플레이어가 아니다. 플레이어가 아닌데도 아이템 수집에 열을 올렸다. 그는 매우 비싼 값에 아이템들을 사들였고, 때문에 그 아이템이 있었다면 원활히 클리어할 수 있었던 던전도 어렵게 클리어하거나 클리어하지 못했었다.

강민영이 홍경식에 의해 죽었던 그곳, 아탄티아 던전에서도 누군가가 켈트 던전의 클리어 보상을 가지고 있었다면, 그랬다면 강민영은 죽지 않았을지도 모를 일이다.

'너한텐 죽어도 안 준다.'

틸랄 왕자의 보좌관이 옆에서 속삭였다.

"지금 당장 가용 가능한 현금이 부족합니다."

"코인까지 끌어모아도 돼."

"한계점입니다."

틸랄 왕자는 짜증이 솟구쳤다. 어떻게 이럴 수 있단 말인가. 저 상급 간소화 주머니가 뭐라고. 어째서 저 복면인이 저렇게까지 이것에 목숨을 건단 말인가.

신희현은 피식 웃었다.

'라비트 파워가 좋긴 좋네.'

더 정확히 말하자면 라비트의 아버지 파워지만 말이다. 신희현은 상급 간소화 주머니가 필요하다. 그래야 켈트 던전을 클리어할 수 있을 테니까.

상급 간소화 주머니는 기본적으로 간소화 주머니와 비슷하다. 많은 물건을 적은 부피의 공간에 넣을 수 있도록 해준다.

그런데 상급 간소화 주머니에는 보존력이 추가되어 있다. 한번 밀폐 상태로 설정해 놓으면 그 어떠한 것도 상하지 않는다. 개봉을 하게 되면, 물건에 따라 다르지만, 우유를 기준으로 하여 한 달 정도는 보관이 가능하다.

식수와 식량을 구할 수 없는 켈트 던전을 가장 빠른 속도로 클리어하기 위해서는 상급 간소화 주머니가 반드시 필요했다.

켈트 던전을 클리어하는 데 대략 3개월 정도를 잡고 있다. 일반적인 상황이라면 신희현은 던전 하나를 클리어하는 데 3개월을 투자하지 않는다. 하지만 켈트 던전은 다르다.

켈트 던전 클리어 보상이 이후 아탄티아 던전 클리어에 반드시 필요하다. 사망자를 획기적으로 줄일 수 있을 테고.

어차피 지금 밖에서 다른 걸 한다고 해도 레벨 업을 할 건더기도 없다. 경험치야 다른 플레이어들이 착실히 물어다줄 테고 말이다.

어쨌든 신희현은 개당 2,400억이라는 천문학적인 금액에 상급 간소화 주머니를 사들였다.

틸랄은 분했다. 여태껏 가지지 못했던 물건이 없었는데 이번에는 실패했으니까. 그렇다고 상대의 신상을 파악해 복수하려는 생각은 하지 않았다.

'나중에는 반드시 이기겠다.'

자존심에 금이 갔다. 돈에 졌다. 최근에 취미로 만든 자동차 서킷과 테마 파크가 아니었다면 지금 운용할 수 있는 현금이 훨씬 더 많았을 텐데. 아쉬웠다.

'어마어마한 놈이 나타났군. 누구지?'

이 사건은 플레이어들을 통해 입소문을 타고 퍼지다가 공중파에서도 다루게 되었다. 개당 2,400억. 도합 4,800억. 상급 간소화 주머니를 경매에 출품한 두 플레이어는 돈방석에 앉게 됐다.

안 그래도 월수입 수백만 원 이상을 올리는 플레이어가 많아지고 있는 형국. 거기에 무려 2,000억이 넘는 수익을 한 번에 올린 기적 같은 플레이어가 나타나니 플레이어에 대한 동경이 더욱 커졌다.

"고구려에 수수료를 다 떼 주고 나서도 2,000억이래."

세금을 뗀다 하더라도 일반인은 구경조차 못 할 거액이었다.

"대박이다."

"그런 기회가 또 오지 않겠어?"

플레이어에 관심이 없던 사람들조차도 플레이어가 되려면 어떻게 해야 하는지 알아보고 있을 정도다. 2,400억. 엄청난 금액이니까.

한편, 라비트가 말했다.

"생각보다 금액이 너무 적어서 놀랐소."

"……응?"

"나의 주인이 직접 도움을 요청할 정도쯤 되니…… 엄청난 금액이 필요할 줄 알았는데 고작 1조 코인이라니."

고구려는 현금 말고 코인으로도 받는다. 고구려가 경매 보증을 하고 판매자와 구매자를 이어주는 형태다. 코인으로 하면 현 시세에 따라 2배 정도를 더 받는다. 그래서 라비트가 1조 코인 정도를 가져왔다.

"빛의 성웅의 통이 이렇게 작을 줄은 몰랐소. 이 정도에 벌벌 떨다니."

라비트는 양평 치즈 스페셜 에디션을 오물거리면서 맛있게 먹었다.

역시. 이게 행복이다. 돈 주고도 못 사는 이 양평 치즈 스페셜 에디션.

라비트는 행복해졌다.

"어쨌든 원하는 것을 얻어서 다행이오."

신희현은 아무런 말도 못했다. 라이나에게는 개쪼렙이라고 무시당하고, 라비트에게는 소심한 주인이라 무시(?)당했다. 이 상황이 뭔가 황당하기는 한데, 어쨌든 좋기는 좋은 상황이었다.

라비트가 물었다.

"그래서, 그 켈트 던전은 어떤 곳이오?"

신희현은 켈트 던전을 함께 클리어할 사람으로 신희아와

강유석을 뽑았다. 다시 말해 3명에서 클리어를 진행한다는 소리다.

신희현이 말했다.

"걱정 마. 금방 돌아올 거니까."

강민영은 걱정스러운 얼굴로 신희현을 쳐다봤다.

"최소로 잡아도 3개월이나 걸린다면서?"

"응, 당분간 레벨 업을 할 수 있는 구간도 없고 획기적인 아이템이 나오는 곳도 없어. 오래 기다리게 해서 미안한데……."

민영이 고개를 저었다.

"아냐, 괜찮아. 미안해하지 않아도 돼. 오빠가 생각이 있겠지."

"……."

신희현은 강민영의 머리를 쓰다듬어 줬다. 강민영의 마음을 안다. 겉으로는 아무리 태연한 척, 저러고 있어도 떨어지기 싫을 거다. 그건 자신도 마찬가지였다. 그래서 그 마음을 아주 잘 알고 있다.

한 번 잃었던 애인이다. 오히려 강민영보다도 신희현 자신이 강민영과 떨어지기가 더 싫다. 그래도 할 건 해야 했다.

'지저의 천공을 제대로 클리어하려면 그게 꼭 필요하다.'

켈트 던전의 위치한 곳은 강원도다. 강원도 태백산맥. 신희현은 인적이 거의 없는 숲길을 따라 걸었다. 제법 멀어서 야영도 몇 번이나 해야 했다.

사실상 불침번이 반드시 필요한 건 아니지만.

"맡겨만 주십쇼, 형님. 불침번을 아주 기똥차게 서겠습니다."

마틴은 언제나 열정이 넘쳤다. 그리고 루시아와 라비트도 번갈아 가면서 불침번을 서줬다.

태백산맥에 들어간 지 5일째. 신희현은 나무와 나무 사이 노란빛이 빛나고 있는 곳을 발견했다.

'켈트 던전.'

몬스터 게이트를 제외하고 여태까지 등장한 던전은 모두 7급 던전이다.

그런데 켈트 던전은 2급으로 분류된다. 레벨이 아무리 높아도 철저한 준비가 없으면 클리어가 불가능한 던전이다. 홍경식 외에 그 누구도 클리어하지 못했었고, 클리어가 불가능한 던전이라고 다들 생각했었으니까.

[축하합니다!]

[켈트 던전을 발견하였습니다.]

[중급 간소화 주머니를 획득하였습니다!]

신희현은 지체 없이 입성을 선택했다. 이렇게 깊은 곳에 있다 하더라도 3개월 내에 누군가는 발견할 거다. 그 부분은 확실히 얘기해 뒀다.

"분명히 다른 길잡이들이 이곳을 발견할 거야."

하지만 홍경식은 오지 않겠지. 죽었으니까.

신희현은 그 말은 삼켰다.

"내가 말했던 거 다들 기억나지?"

강유석이 고개를 끄덕였다.

"네, 형."

그간의 시간 동안 신희현은 강유석에 대한 경계를 조금 풀었다. 폭군 강유석이 아니었다. 맨 처음 만났을 때의 강유석이었다.

켈트 던전에 입성했다.

"짐 풀어."

그리고 초록색 실선 안, 안전지대에서 야영 준비를 했다.

야영 준비를 끝냈다. 여기서부턴 이제 신희현이 혼자서 해야 한다.

"각자 자기 임무 알지?"

신희아가 응! 하고 고개를 끄덕였다.

"아, 그런데 여기 왜 이렇게 더워? 땀 나."

"켈트 던전은 더운 곳이거든. 상급 간소화 주머니 없으면 음식이 금방 상해."

강유석도 고개를 끄덕였다. 신희현은 하늘을 쳐다봤다. 더 정확하게 말하자면 눈앞에 버티고 서 있는 거대한 절벽을 쳐다봤다.

'후.'

한숨을 내쉬었다. 다시 한번 보는 거지만.

'어마어마하네.'

눈으로는 확인조차 안 되는데, 어쨌든 구름을 뚫고 높이 솟은 절벽 하나가 보였다.

엘렌이 말했다.

"이곳은 켈트 던전입니다."

다 알고 있는 거지만 엘렌은 열심히 설명했다.

"올라가는 것은 본신의 힘으로만 올라야 합니다. 단, 아이템은 사용 가능합니다. 또한 던전 내에 페널티가 존재합니다."

신희현이 피식 웃었다. 안다. 그래서 일부러 큰돈을 들여 상급 간소화 주머니를 구했다. 황당하게도 이곳은 통조림의 사용이 불가능하다.

이런 형태의 던전은 최후의 던전까지 합쳐서 단 두 개밖에 보지 못했다. 그중 하나가 이곳 켈트 던전이고.

'그리고 내려오는 건 어떤 수단을 써도 상관없지.'

그 말을 하려다가 참았다. 그러면 열심히 설명하고 있는 엘렌이 침울해할 거다. 나름대로 엘렌의 기분도 신경 써주는 착한(?) 파트너다.

"내려올 때에는 어떠한 방법을 사용해도 상관없습니다. 꼭대기에 도달하면 클리어가 진행됩니다."

소환 영령의 도움을 받아서도 안 되고, 오로지 본신의 힘으로 이곳을 올라야 한다는 소리다.

신희현은 몸을 풀었다. 등반에 필요한 아이템도 착용했다. 장비라고 해봐야 '아르페스 신발'과 '유틀레타 장갑', '발렌피트 가죽 옷' 정도가 끝이었지만.

신희아는 간만에 걱정을 좀 했다.

"오빠, 진짜 그 정도로 되겠어? 티비 보면 막 엄청 똘똘 무장하고 올라가던데……."

"그래서 네가 필요한 거잖아."

신희현은 랜지 스톤을 희아에게 건넸다.

"내가 떨어지려면……."

최소한 높이 1,000미터 이상은 될 거다. 현재 자신의 능력으로 1,000미터까지는 수월하게 오를 수 있을 테니까. 하지만 그 이상이 됐을 때, 몇 번은 추락을 할 텐데.

"그때 내가 마틴을 소환할 거야."

마틴이 소환되면 추락하고 있다는 증거라는 소리다.

"그 높이에서 떨어지면 나도 죽어."

그게 던전의 무서운 점이다. 만약 현실이라면 총을 맞아도 안 죽는다. 신희현의 레벨은 이미 400을 넘었다. 총 정도로는 생채기도 낼 수 없다. 하지만 던전 내에서는 다르다. 던전은 플레이어를 잡아먹는 공간이다.

레벨이 높다면 던전 내 몬스터에게는 강할 수 있다. 레벨이 낮은 몬스터는 쉽게 잡는다. 별로 위협적이지도 않다.

하지만 던전에서 직접적으로 이루어지는 공격, 예를 들어 함정 같은 것에는 레벨이 아무리 높아도 소용없다.

어떤 함정은 맞으면 레벨과 상관없이 무조건 즉사를 하는 경우도 있고, 플레이어를 아사시키는 경우도 있다. 정신계 트랩도 있고, 플레이어의 목을 잘라 버리는 함정도 있다. 이건 레벨과는 별개의 문제다.

최후의 던전에 진입했던 최상위급 플레이어들이 굳이 길잡이를 대동한 이유가 바로 그거다.

길잡이가 가장 위험하다는 것도 그 때문이고. 던전의 위험함을 가장 먼저 무릅쓰고 해제해야만 하는 클래스니까.

엘렌이 설명을 이었다. 오늘은 설명을 많이 할 수 있어서 신났다.

"50미터 이내에서 떨어지면 아무런 지장이 없습니다. 다치지 않습니다."

그리고.

"50미터에서 100미터 구간에서 떨어지면 골절상을 입습니다. 100미터에서 500미터 구간에서 떨어지면 30퍼센트 확률로 사망하며 70퍼센트 확률로 하반신 불구가 됩니다. 500미터에서 1,000미터 구간에서 떨어지면 70퍼센트 확률로 사망합니다. 1,000미터 이상 구간에서 떨어지면 100퍼센트 확률로 사망합니다."

신희현은 피식 웃었다. 엘렌이 지금 신난 건 알겠는데 정보가 조금 잘못됐다. 그래서 정정해 주기로 했다.

잘못된 정보는 제대로 알려줘야지.

"이 던전은 충격량에 비례해 페널티가 존재하는 던전이야. 일반적인 상황이라면 엘렌의 말이 맞아."

아무런 장비 없이, 아무런 도움 없이 50미터에서 100미터 구간에서 떨어지면 무조건 골절상을 입는다. 어딘가는 부러진다는 소리다. 재수 없게 척추나 목뼈가 부러지면 죽을 수도 있다. 이건 랜덤이다.

신희아가 고개를 갸웃했다.

"그게 무슨 말이야?"

"0에서 50미터 구간에서 떨어지면 충격량이 100이야."

정확한 수치는 아니다. 신희현이 편의상 100이라고 가정했다.

"100의 충격량을 머금고 떨어지면 골절을 입어. 99 이하의 충격량이면 아무런 대미지도 없고. 그 1 차이가 어마어마하게 되는 거지, 이 던전은."

그리고 1,000미터 이상이 되면.

"충격량은 기하급수적으로 늘어나. 잘못 떨어지면……."

잘못 떨어지면 레벨 400이고 500이고 그냥 죽는다. 던전이란 곳은 원래 그런 곳이다.

과거에, 이 던전을 클리어했던 홍경식은 이 던전에만 3년을 매달렸다고 했다. 3개월이 지나면 클리어를 포기하고 던전에서 나갈 수 있다. 단, 나갔다 올 때마다 클리어 등급이나 보상에 큰 악영향을 끼친다고 했다.

어쨌든 홍경식은 끊임없는 도전 끝에 이 던전을 클리어할 수 있었다. 그렇게 '스카일'을 손에 얻었었고, 스카일뿐만 아니라 길잡이 전용 스페셜 스킬 '초감각'도 익힐 수 있었다.

신희현이 노리는 건 그 두 개였다.

스카일과 초감각.

'그러고 보면 그놈은 대단한 놈이었어.'

아무런 정보도 없이, 3년 동안 매달려서 켈트 던전을 클리어했고 결국엔 그 두 가지를 스스로의 힘으로 얻어냈으니까.

"어쨌든…… 나는 지금부터 여길 오를 거야."

신희현이 걸음을 옮겼다. 신희아의 머리를 쓰다듬었다.

"걱정 마. 안 죽어. 내가 말한 대로만 잘하면 돼."

일반적인 방법으로는 아무리 신희현이라도 1년 넘게 걸린다. 하지만 언제나 그렇듯(?) 꼼수는 존재하는 법이다. 신희현이 켈트 던전 클리어를 향해 바삐 움직이기 시작했다.

강유석은 침을 꿀꺽 삼켰다.

'정말 그러한 방법으로 클리어 가능할까……?'

가능할 거라고 생각은 하지만 그래도 긴장은 됐다. 아무리 신희현이라도 떨어지면 죽는다고 하니까.

'아니, 잘하실 거야.'

얼마 뒤, 랜지 스톤을 통해 마틴이 소환됐다. 신희현이 추락하고 있다는 증거다. 신희아가 황급히 고개를 들어 올렸다.

뭔가가 떨어지는 것이 보였다.

신희현은 거침없이 절벽을 올랐다.

신희아는 그런 오빠를 보며 솔직히 감탄했다.

정확히는 모르겠지만 거의 90도 가까운 저 절벽을 아무런 장비도 없이 저렇게 시원시원하게 오를 수 있다니.

아무리 길잡이 클래스지만 모든 길잡이가 저런 움직임을

보일 수 있을 리는 없었다. 그런데 그 감탄은 잠시였다.

엘렌은 확신했다.

'지금 신희현 플레이어……..'

믿을 수 없게도.

'실수했다!'

실수했는데, 왜 기분이 좋은 걸까.

엘렌은 알 수 없었다.

뭐랄까, 조금 인간적인 면을 발견한 것 같은 그런 기분이랄까.

랜지 스톤을 통해 소환된 마틴 역시 신희현의 생각을 읽었다. 교감을 통해 신희현이 당황하고 있음을 고스란히 느낄수 있었다.

보통의 경우, 이러한 감정들은 교감을 통해 공유되지 않는다. 시전자가 필요로 하는 정보만 교감을 통해 공유된다. 그런데 지금은 신희현의 감정이 다 전해졌다. 그렇다는 말인즉.

'설마 형님이…….'

엄청나게 당황했다는 거다.

신희현은 마틴의 품에 쏙 안겼다.

저도 모르게 한숨을 내쉬었다.

'젠장.'

미끌미끌 기름이 놓여 있을 줄이야.

50미터 구간은 어떻게 떨어져도 괜찮다. 머리부터 떨어지든 다리부터 떨어지든 아무런 상관없다. 물리적 법칙과 상관없이 그 어떠한 피해도 입지 않는다. 그게 켈트 던전이다.

마틴이 물었다.

"괜찮으십니까?"

"어, 괜찮아."

어린이 마틴의 품에서 빠져나온 신희현은 희아에게 말했다.

"희아, 솔로잉 실드는?"

"어…… 그게……."

생각보다 너무 빨리 떨어져서 제대로 대처를 못했다.

"오빠가 이렇게 빨리 떨어질지 몰랐어."

저만치 위에서부터 떨어지고 있으면 대비라도 하겠는데 한 10미터 올라가다가 떨어져 내렸다. 마틴이 소환됨과 동시에 거의 땅에 닿았다. 신희아가 어떻게 손 쓸 새가 없을 정도로 순식간에 일어난 일이었다.

신희현이 말했다.

"연습한 거야."

며칠 전 강민영이 말했다.

"엘렌, 그거 알아요?"

"무엇을 말입니까? 신희현 플레이어와 관계되어 있는 것입니까?"

강민영은 재미있는 사실 하나를 말해줬다.

"오빠는 완벽해 보이지만 종종 실수를 해요."

"……신희현 플레이어가 말입니까?"

그 괴물 같은 플레이어가 실수를 한다니.

"그러면 귓불이 조금 빨개지거든요."

"……그렇습니까?"

"엄청 귀엽죠?"

"……."

"근데 재미있는 건 뭔지 알아요?"

"……."

강민영은 딱히 엘렌의 대답을 필요로 하지 않았다. 강민영은 지금 자신의 남자 친구가 얼마나 귀여운지에 대해 강조하고 있는 중이니까.

"진짜 중요하고 큰 실수를 하면 오히려 아무렇지도 않아요. 사소한 실수를 하면 그렇게 꼭 티가 난다니까요?"

"……그렇군요."

"귀엽죠?"

"……예."

빛의 사기꾼, 아니, 밝은 빛의 사기꾼. 그를 어떻게 보면 귀엽게 볼 수 있단 말인가.

엘렌은 강력하게 반발하고 싶었다. 하지만 참았다. 강민영의 순진무구한 표정을 깨뜨릴 수 없었다.

"……귀여울 겁니다."

아마도.

엘렌은 깨달았다.

"이런 거군요."

강민영이 말했던 게 이런 거였다.

뭔가 실수를 하면 그걸 정확하게 못 숨기고 귓불이 빨개진다. 자세히 보면 보인다.

신희현이 물었다.

"뭐가?"

"아무것도 아닙니다."

신희현은 몸을 풀었다.

너무 방심했다. 떨어져도 죽지 않는 데다가 던전 초입 부분이라 어처구니없는 실수를 저질렀다.

그 왜 그런 거 있지 않은가. 어려운 수학 문제 다 풀어놓고서 마지막에 더하기 한 번 잘못해서 답이 틀리는 경우.

거의 그런 거다. 너무 쉽고 당연해서 황당하게 실수했다.

미끌미끌 기름이 묻어 있는 함정에 발을 디뎠고 덕분에 미끄러져서 떨어져 버렸다.

'차라리 다행이네.'

차라리 다행이다. 이제라도 마음을 다잡을 수 있었으니까.

신희현이 말했다.

"이제 정말로 오를 거야. 희아도 정신 똑바로 차려. 이런 실수하면 안 돼."

"……응."

신희아는 뭔가 속는 기분이 들었지만 일단 고개를 끄덕였다.

그 이름도 유명한 빛의 성웅이 실수를 했을 리는 없다고 생각은 하면서도 뭔가 수상하기는 했다.

신희현에게 윈더의 목소리가 들려왔다.

'찾았습니다.'

'위치는?'

'교감을 통해 안내하겠습니다.'

신희현이 다시 절벽을 오르기 시작했다.

신희현은 땀을 닦아냈다.

현재 높이 약 40미터.

말이 40미터지 맨손으로 40미터를 오르는 건 정말 힘든 일이다. 그나마 신희현쯤 되니까 이렇게 빨리 올라온 거다. 레벨 400대의 길잡이니까.

'저기 세 개나 있네.'

'그렇습니다.'

신희현이 현재 착용하고 있는 아이템은 아르페스 신발로, 도약력을 높여주는 스킬이 있는 신발이다.

발 디딜 곳만 있으면 점프를 한 번 할 수 있다.

원래의 도약력에 2미터만큼의 도약력을 더해준다.

'준비됐어?'

'준비됐습니다.'

3개의 '드리올 말뚝'이 보였다.

저건 켈트 던전을 클리어하는 데 도움을 주는 아이템이다.

플레이어가 직접 획득해야만 하는 아이템.

'뛸 거야.'

'알겠습니다.'

저만치 위.

약 12미터 위.

신희현은 발 디딜 곳을 찾아 몸을 절벽에 밀착시켰다.

윈더에게 신호를 보냈다.

'하나, 둘, 셋.'

높이 뛰었다.

신희현은 한 번에 약 15미터 정도를 도약할 수 있다. 길잡이의 점프 스킬이 있기 때문이다.

거기에 아르페스 신발 덕분에 더 높이 뛸 수 있었다.

높이 뛰어오른 그는 드리올 말뚝을 지나쳐 더 높이 올라갔다.

그리고 조금씩 떨어져 내렸다.

'보좌하겠습니다.'

'오케이.'

신희현의 몸이 굉장히 천천히 떨어져 내렸다.

상급 바람 정령 윈더다.

24시간 내내 부리고 있을 수는 없지만 그래도 이 정도 도움을 주는 것은 체력을 그렇게 많이 잡아먹지 않는다.

'좀 더 왼쪽으로.'

신희현은 마치 허공에 둥둥 떠 있는 구름처럼 아주 편안하게 드리올 말뚝 근처로 갈 수 있었다.

[드리올 말뚝을 획득하였습니다.]

[드리올 말뚝을 획득하였습니다.]

[드리올 말뚝을 획득하였습니다.]

3개의 드리올 말뚝을 얻었다. 이른바, 던전의 룰을 활용한 거다.

올라갈 때는 스스로의 힘으로 올라가야 한다. 아이템 사용은 가능하다. 하지만 떨어지는 건, 그 어떤 힘을 사용해도 된다.

신희현은 씨익 웃었다.

'드리올 말뚝도 얻었겠다.'

앞으로 많이 얻어야 한다. 일단 이건 시작이다.

그럼 이제, 시작해 볼까.

신희현은 랜지 스톤을 통해 마틴을 소환했다. 떨어지겠다는 신호다.

무전기를 통해 말했다.

―나 이제 떨어질 거야.

―응.

신희아도 밑에서 준비했다. 신희현은 그대로 절벽에서 손을 놨다.

신희현의 몸이 떨어져 내렸다.

신희현은 약 30미터를 낙하했다. 굉장히 빠른 속도였다.

신희아는 떨어져 내리는 신희현을 발견했다.

"어, 어어! 오빠!"

속도가 너무 빨랐다.

그러나 그것도 잠시, 신희현이 떨어져 내리는 속도가 굉장히 느려졌다.

상급 바람의 정령 윈더가 신희현을 떠올렸기 때문이다.

조금 과장을 하자면 두둥실에 가까웠다.

교감을 통해 윈더와 소통할 수 있지만 그래도 팀워크를 맞추는 건 중요한 일이다.

'높이가 높아지면 높아질수록 내 체력은 많이 떨어져. 그렇게 되면 널 항시 소환할 수 없거든.'

'알겠습니다.'

신희아는 일단 솔로잉 실드를 펼쳤다.

신희현은 신희아가 펼쳐 준 실드를 몸에 두른 채 아주 사뿐하게 마틴의 품에 안겼다.

"잘했어. 희아, 마틴, 그리고 윈더."

안전장치를 세 개나 갖췄다.

하나는 상급 정령 윈더. 이것만 해도 거의 안전하다고 할 수 있다. 충격량을 획기적으로 줄여줄 수 있을 테니까.

거기에 신희아의 실드가 더해진다.

강유석은 고개를 끄덕였다.

'과연……'

신희현에게 설명을 듣기는 들었다. 플레이어에게 전달되는 충격량이라는 건 절벽과 땅이 플레이어에게 주는 대미지라고. 절벽의 높이가 대미지를 정하게 되는 거다.

그런데 상급 정령 원더와 실드의 조합이 그 대미지를 획기적으로 낮춰줬다.

거기에 더해, 마틴까지 버티고 있다. 마틴은 탱커다. 신희현의 몸이 가지고 있을 대미지를 흡수하는 역할을 한다.

2중도 아니고 3중의 안전장치를 해놓은 셈이다.

강유석이 말했다.

"일부러 떨어지신 거군요, 체력 안배를 위해서."

"어, 맞아."

신희현이 말했다.

"지금은 길을 개척하는 시간이지."

켈트 던전은 그렇게 만만한 던전이 아니다.

그렇다고 목숨을 걸 만큼 위험한 던전은 아니지만, 어쨌든 시간과 노력을 필요로 한다.

체력도 많이 필요하다. 1,200미터 이상이 되면 체력 소모가 급격하게 많아진다.

그래서 체력을 최대한 아낄 수 있는 길을 닦아놓는 사전 작업이 매우 중요하다.

길을 만드는 작업. 길잡이가 원래 해야 할 일이기도 하다.

"유석아, 물 좀 줘라."

강유석이 물의 정령을 소환했다. 신희현이 강유석을 데려온 이유는 간단했다. 물을 공급받기 위해서다. 켈트 던전은 식수나 식량이 없다. 전혀 없다. 식수나 식량을 넉넉하게 챙기지 않으면 아사하는 던전이다.

신희현은 상급 간소화 주머니에 3개월을 버틸 식량을 넉넉히 준비했다.

물과 함께 준비할 수는 없었다. 상급 간소화 주머니는 인벤토리처럼 물품을 나눠서 저장해 주지 않는다. 물을 넣게 되면 그 상급 간소화 주머니는 커다란 물통이 되는 셈이다.

지금은 강유석이라는 식수 공급원이 있으니 상급 간소화 주머니를 낭비할 필요가 없었다.

신희현은 물을 마셨다. 갈증이 많이 해소됐다.

"나는 조금 쉴게."

체력 안배가 중요하다.

그리고 신희현은 다시 절벽을 올랐다. 처음보다 더 빠르고 쉽게 올랐다. 길을 닦아놓았기 때문이다. 신희현은 체력이 조금 떨어진다 싶으면 여지없이 추락(?)을 택했다.

어느 한 곳도 다치지 않았으며 컨디션도 굉장히 좋았다.

조금 힘들어진다 싶으면 무조건 내려와서 쉬었으니까.

그렇게 며칠이 흘렀다.

500미터 지점. 윈더가 또 무언가를 찾았다.

'말씀하신 형태의 꽃을 찾았습니다.'

상급 정령 윈더는 자신의 존재 의의에 대한 의문이 아주 잠깐 들었다.

뭔가, 라이나 님이 수호하는 플레이어라기에 거창한 것을 기대했는데 하는 일이라곤 바람 불어주는 것과 아이템 수색 정도 아닌가.

엘렌이라는 파트너는 아이템 수거 전담반이 된 모양이고 라비트라는 대공은 물주가 되어 있고 말이다. 다른 얘기기는 하지만, 루시아는 제정신이 아닌 것 같고.

윈더의 생각을 아는지 모르는지 신희현은 그곳을 향해 움 직였다.

[만드라 꽃을 획득하였습니다.]

또 다른 곳에서 만드라 꽃을 찾았다.

[만드라 꽃을 획득하였습니다.]

만드라 꽃까지 획득했다. 이제 필요한 건 하나 남았다.

'만드라 꽃 두 송이에 드리올 말뚝 40개.'

현재까지 얻은 아이템의 숫자다. 드리올 말뚝은 아직 하나
도 사용하지 않았다.

신희현은 마틴을 소환하려고 했다. 떨어질 준비를 하는
거다.

그런데 무전기를 통해 신희아의 목소리가 들려왔다.

ㅡ오빠, 오빠 말대로 다른 플레이어가 들어왔어.

역시 예상대로다.

그리고 아마도 모든 상황이 예상대로 흘러가겠지.

일단 떨어져 내리기로 했다.

약 50미터 지점까지 떨어져 내렸다. 거기까진 스카이다이
빙을 하듯 마구 떨어져 내렸다.

50미터 지점. 신희현이 따로 표시를 해놓은 스폿이 눈에
보였다.

'윈더, 50미터 지점에 붙을 거야.'

'알겠습니다.'

그리고 스킬을 사용했다.

[스킬. 접착을 사용합니다.]

신희현은 윈더의 도움과 '유틀레타 장갑'이 가진 특수 스킬 접착을 사용해서 50미터 지점에 안착했다.

만약을 위해 10미터 정도 더 내려간 뒤.

"으아아아아."

하고 약간은 무미건조한 비명을 지르며 떨어져 내렸다.

쿵!

거대한 소리와 함께 신희현은 몸을 일으켰다.

40미터 지점에서 떨어졌다. 어떠한 대미지도 입지 않았다.

몸을 일으켰다. 눈에 누군가가 보였다.

'역시…… 눈에 익은 놈이네.'

그리고 강유석을 쳐다봤다.

강유석에게 어쩌면 좋지 못한 일을 시킬 수도 있겠다는 생각이 들었다.

8장
히든 던전: 고대 동굴

눈에 익은 플레이어였다.

이름은 서우민. 클래스는 길잡이.

'12명이 한 팀이었었나.'

12명이 한 팀으로 활동했었고 길잡이인 서우민이 리더인 파티다. 꽤나 실력이 있는 파티였으나 자신들의 이익을 위해서는 무슨 짓이든 꺼리지 않고 한다고 하여 악명도 높았다.

최상위급이라고 하기에는 조금 부족하고, 그렇다고 어중이떠중이도 아닌 그 정도 수준의 팀.

서우민은 인상을 찡그렸다.

"3개월······?"

이곳은 일반 던전이 아니었다. 클리어하지 못하더라도 3

개월이 지나면 나갈 수 있다고는 하는데.

쿵!

뭔가가 떨어져 내렸다. 보아하니 사람이었다. 그다지 높은 곳에서 떨어진 건 아닌지 대미지는 없어 보였다.

'50미터 이하에서 떨어지면 아무런 대미지도 입지 않는다 더니.'

아무래도 그런 것 같다. 하늘을 올려다봤다. 절벽은 구름을 뚫고 높이 솟아 있었다.

'육안으로 파악은 불가능.'

적어도 수천 미터는 되는 것 같았다.

서우민은 암담해졌다. 이 거대한 절벽을 오르는 것은 아마도 불가능에 가까울 것 같았다.

"대장, 3개월을 버티기는……."

일단 식량부터가 문제다.

"통조림 사용이 불가합니다."

이런 던전이 있을 줄이야. 대부분 통조림으로 만들어 가지고 다니는데 그게 불가능하다니.

서우민은 입술을 깨물었다.

'식량보다도 더욱 문제는 식수다.'

물도 부족한 데다가 이곳은 굉장히 더웠다.

통조림 외에 다른 식량은 금방 상할 것이 분명했다.

있다 하더라도 12명이 3개월 동안 버틸 수 있는 식량은 없었다.

신희현과 서우민이 인사를 나눴다. 서우민의 눈빛은 그렇게 곱지만은 않았다. 약간은 서로를 경계했다. 물론, 어디까지나 서우민 혼자 신희현을 경계했다. 신희현은 그를 경계할 필요가 없었다.

[레벨 162]

지금 수준에서는 꽤나 준수하지만 그래 봤자다. 제아무리 총이 있다 하더라도 소용없다.

본신 방어력이 약한 신희아조차도 총 맞고는 안 죽는다.

만에 하나 총보다 더 위험한 무기를 가지고 있다면 위험할 수도 있겠으나 옆에는 강유석이 버티고 있다.

강유석은 잠을 자더라도 강유석이 소환한 물의 정령은 잠을 자지 않는다.

강유석이 피곤해하면 마틴을 소환하면 된다.

플레이어로서의 능력을 사용하면 그 어떤 방법을 써도 신희현 파티를 공격할 수 없다.

레벨 절대룰 때문이다.

제아무리 강력한 스킬이 있어도 신희현 일행에게는 대미

지조차 입힐 수가 없다는 거다.

서우민이 물었다.

"혹시 주변에 식량이나 식수를 구할 수 있는 곳이 있습니까?"

"찾아봤는데…… 전혀 없었습니다."

그래도 혹시 모르니 서우민은 주위를 한 번 더 수색하겠다며 플레이어들을 풀었다.

서우민은 신희현을 살펴봤다.

'그렇게 고수 같지는 않은데.'

아이템도 별로 없다. 얼핏 봤는데 장갑, 가죽 옷, 신발 정도. 암벽 등반에 특화된 것도 아니고 아마 가지고 있는 것들 중에서 대충 착용했을 확률이 높았다.

'물이 가장 문제다.'

신희현이 말했다.

"식수는 걱정하지 않으셔도 됩니다. 물의 정령사가 한 명 있어서."

서우민은 강유석을 쳐다봤다.

'물의 정령사?'

정령사는 흔치 않은데. 그러고 보니 어디선가 얼굴을 본 것 같기도 한데.

어차피 진짜 얼굴은 아닐 가능성도 높았다.

던전에 입장하는 순간, 폴리모프 물약을 마시는 플레이어가 꽤 많았으니까.

던전은 질서와 룰이 제대로 잡혀 있지 않다.

막말로 힘센 놈이 약한 놈 죽여도 증거조차 안 남는다.

그렇다 보니 현대사회와는 사뭇 다르다.

약육강식의 세계다. 모르는 사람은 일단 경계부터 하고 보는 것이 맞다.

'악의는 없는 것 같고.'

보아하니 그렇게 고수 같지는 않다.

고수들은 보통 서로를 경계한다. 그게 현재의 룰이다.

그렇다면 가능성은 두 가지다. 아예 초보이거나 호구이거나. 아예 초보인 경우는 잘 보이려 노력한다. 가끔 마음씨 좋은 호구들도 있다.

'우리를 압도할 만큼의 전력은 없을 거다.'

자신들은 레벨이 매우 높다. 고수들이다. 그리고 그가 아는 한 3명 파티로 이루어진 고수 팀은 없었다. 운 좋게 물의 정령사가 끼어 있는 파티랄까. 숫자 역시 3명밖에 안 된다.

신희현은 단숨에 서우민 팀의 심리를 파악했다.

'역시 그러면 그렇지.'

서우민의 눈빛에서 느껴진다. 이쪽을 깔보고 있다.

사실 이상한 건 아니다.

던전은 약육강식의 세계. 약하면 죽을 수도 있다.

던전 클리어 보상을 독차지하기 위해 타 팀의 플레이어들을 죽이는 경우도 암암리에 일어나고 있다.

고구려에서 그것을 단속하기는 하지만 완벽하기는 어려웠다.

'어디 한번 마음대로 해봐라.'

서우민에게 개인적인 악감정은 없다. 악명만 들었을 뿐.

하지만 방해가 된다면 그땐 손을 쓸 수도 있다.

듣기로 큰 은혜는 잊어도 사소한 원수는 절대 잊지 않는 놈이라고 했다. 지금 시기의 서우민이 그런지는 모르겠지만.

다시 이틀이 지났다.

서우민은 절벽을 올라봤다. 힘들었다.

그때 쿵! 떨어졌던 길잡이가 괜히 끙끙대고 앓아누웠던 것이 아니었다. 컨디션 관리에 실패한 초보라는 뜻도 되고.

서우민 팀은 나름대로 회의를 가졌다.

"식수는 그렇다 쳐도 식량이 슬슬 떨어져 갑니다."

"아무리 아낀다 하더라도…… 힘듭니다."

"아무래도 저놈들, 식량을 가지고 있는 것 같습니다."

말린 것 위주로 꽤나 많이 보유하고 있는 모양이었다.

"빼앗을까요?"

"……."

서우민은 생각에 빠졌다. 이쪽은 12명. 게다가 저쪽은 그렇게 고수 같지도 않다.

플레이어 중 하나가 조심스레 말했다.

"놈들은 식량으로서도 가치가 있습니다."

"……."

잠시, 조용해졌다.

저들은 살아 있다. 적나라하게 표현하자면 살아 있는 고기라는 뜻이다.

썩지 않는.

서우민이 고개를 저었다.

"그건…… 일단 보류한다."

아무리 플레이어의 세상이 되었다 하더라도 그건 좀 별로다. 하지만 최악의 상황이 온다면 생각은 해볼 수도 있다. 세 명이다. 식량이 되기는 할 거다.

"일단 식량부터 협의를 보도록 하고."

평화적으로 얘기를 해보기로 했다. 식량을 나눠 달라고 말이다. 어디까지나 그들 입장에서 평화적으로.

강유석이 말했다.

"일정 부분 나눠드릴 수 있습니다."

거기서 서우민은 확신했다.

'확실히 초보다.'

그러니까 이렇게 순순하게 식량을 준다고 하지 않는가.

이렇게 더운 곳에서 보관 가능한 음식은 얼마 안 된다.

그걸 나눠 준다니. 그것도 12명에게.

"단, 배부르게 먹을 수는 없습니다. 최소한의 에너지를 보충할 수는 있을 겁니다."

서우민은 자신감이 생겼다. 여태까지는 긴가민가했다면 이젠 확신이다.

놈들은 초보. 식량을 빼앗는다면 어쩔 수 없이 줘야만 하는.

상급 간소화 주머니를 가지고 있을 거란 상상은 못 했다.

"얼마나 가지고 있는지 확인 한번 해봅시다."

"……보여드려야 합니까?"

강유석은 한숨을 쉬었다. 어떻게 된 게 신희현의 예측에서 한 치도 벗어나지 않았다.

신희현이 말했었다. 식량이 필요하다하면 최소한의 식량

정도는 나눠 주라고. 넉넉히는 줄 수 없었다. 그 정도 준비는 하지 못했다.

'방해가 된다면……'

도를 넘는 행동을 취할 때엔 후환을 남기지 말라고 했다. 강유석은 그 말의 의미를 알고 있다.

강유석이 말했다.

"허튼 생각은 하지 않는 것이 좋을 겁니다. 보아하니 레벨이 160 정도 될 것 같네요. 저희는 그보다 훨씬 높습니다."

서우민은 피식 웃었다. 그보다 훨씬 높단다. 허세를 부려도 유분수지.

"아, 그러세요?"

그러면 이렇게 순순할 리가 없지. 레벨이 곧 법인 세상 아닌가.

서우민이 씨익 웃었다.

"좋게 좋게 얘기하려고 했는데."

차라리 잘됐다. 이제 명분도 생겼다. 먼저 레벨이 높다며 시비를 걸지 않았는가.

이건 명백히 저놈의 도발이었다. 식량도 빼앗고 식수도 독식할 수 있다. 보아하니 저 여자애도 반반하니 제법 예쁘다.

서우민이 으르렁댔다.

"좋게 얘기하기는 글렀네."

플레이어 중 하나가 무기를 꺼내 들었다.

서우민은 길잡이다. 뒤로 살짝 빠졌다. 그리고 명령했다.

"쳐!"

흐흐 웃으며 말했다.

"저 계집년은 살리고."

안 그래도 아랫도리가 근질근질했다. 얼굴도 반반하고 몸매도 좋은 데다가 어려 보이기까지 하니 일석이조다.

뒤로 빠진 서우민이 입맛을 다셨다.

"맛있겠네. 야들야들해 보이는 게."

강유석이 물의 정령을 소환했다. 중급 물의 정령 '루아'를 소환했다.

그리고 얼마 뒤, 12명의 플레이어가 모두 쓰러졌다.

신희현이 말했었다.

"그런 일이 벌어진다면 후환을 남기지 마. 특히나 던전 안에서는. 위협이 되는 플레이어는 없는 게 나아. 총이라도 갖고 있다면...... 희아에게는 문제가 생길 수도 있어. 총은 플레이어의 힘이 아니니까."

법과 질서가 통용되지 않는 세계에서는 괜히 마음 좋게 썼다가 후회하는 경우도 많이 생긴다. 신희현은 그걸 잘 알고 있다.

강유석의 몸이 떨렸다. 하나의 시험대에 오른 것 같은 기분이었다.

'프, 플레이어를…….'

쓰러뜨리는 건 그렇다 쳐도 죽이는 건 혐오감이 들었다.

신희아는 겁에 질린 눈으로 바들바들 떨기는 했지만 강유석을 말리지는 않았다. 그녀 역시 던전 안의 생리를 알고 있기 때문이다.

강유석은 마음을 굳게 먹었다. 이것은 자신이 헤쳐 나가야 할 세계이기도 했다.

'해야만 한다.'

그리고 얼마 뒤, 새로운 알림이 들려왔다.

[PK 횟수 12회가 인정됩니다.]
[현 플레이어의 상성과 업적을 고려합니다.]
[내재되어 있는 능력이 개화됩니다.]

강유석에게만 들리는 알림이었다.

[성향이 변화됩니다.]

[수호신 선택이 가능해집니다.]

신희현이 강유석을 쳐다봤다. 아무래도 충격을 받은 것 같았다 골똘히 생각에 잠긴 모양새였다. 신희현이라 할지라도 강유석에게 알림이 들려오고 있다는 건 눈치채지 못했다.

강유석은 고개를 갸웃했다.

'수호신 선택?'

수호신이라는 게 뭐지.

알 수 없었다.

[플레이어의 현 능력과 성향에 따라 선택 가능한 수호신이 선별됩니다.]

[수호신 선택을 보류할 수 있습니다.]

일단 보류하기로 했다. 뭔지 몰랐으니까. 그리고 아마 레벨이 높아지면 더 높은 등급의 수호신을 선택할 수 있는 모양이었다.

쿵!

소리가 났다. 신희현이 또 체력 비축을 위해 낙하한 거다.

신희현은 주위를 둘러봤다. 강유석의 어깨를 두드려 줬다.

"많이 어려웠지?"

"……네."

어설프게 정 주고 자비를 베풀었다가는 뒤통수를 맞을 수도 있다. 신희현은 그걸 알려주려 했다. 그래서 일부러 강유석이 처리하게 만들었다. 이런 것도 다 훈련이라고 생각하고 있으니까.

강유석이 물었다.

"형."

"어?"

"그런데…… 수호신이 뭐예요?"

신희현은 순간 강유석을 쳐다봤다.

"……수호신?"

"네, 수호신 선별이 가능해졌다는 알림이 들려왔는데……."

"어떤 수호신?"

"아직 활성화하지 않았어요. 제 레벨에 따라 수호신 선별이 가능한 모양이에요."

신희현은 아주 잠깐이지만 긴장했지만 이내 긴장을 풀었다.

'그래, 이상할 건 없어.'

과거에도 수호신을 가진 플레이어는 많았었다.

강유석은 그때와 클래스도 다르다. 그때와 같은 수호신을 갖게 될 확률은 거의 없었다.

신희현은 수호신에 대해 대략적인 설명을 해줬다.

"일단은 보류해 놔."

"네."

일단은 그렇게 일단락됐다. 신희현은 다시 절벽을 오르기 시작했다.

다시 하루가 지났다.

1,000미터 지점.

신희아와 무전 연락을 취했다.

—여기서 하루 쉴 거야.

—응? 위에서 쉰다고? 1,000미터쯤이라며?

—어, 걱정 마.

—그러다 굴러 떨어지면 어쩌려고 그래?

—다 방법이 있느니라.

1,000미터 지점. 신희현은 야영을 준비했다.

여기서부터가 중요하다. 드리올 말뚝을 꺼내 들었다.

영체화 상태의 엘렌이 물었다.

"어떻게 하실 생각입니까?"

"쉬었다가 가야지. 내일 2,000미터 지점까지는 공략해야 하거든. 거기가 가장 중요한 구간이야."

가장 중요하며 또 어려운 구간이기도 하다. 하지만 공략만 알고 있다면 가장 쉬운 구간이기도 했다.

신희현은 드리올 말뚝을 절벽에 박았다. 드리올 말뚝은 절벽에 쉽게 박혔다.

신희현은 그곳에 누웠다. 밧줄로 몸을 고정시켰다. 금방 잠에 빠져 들었다. 그리고 아침이 밝았다. 신희현은 드리올 말뚝을 회수했다. 다시 절벽을 오르기 시작했다.

그런데 방향이 조금 이상했다. 엘렌은 이상하다 느꼈다.

위쪽이 아니라 왼쪽을 향해 움직이고 있었다.

신희현 기준으로 10시 방향.

그렇게 약 5시간을 움직였다. 그제야 신희현은 씨익 웃었다.

"찾았다."

뭔가를 발견했다. 역시 여기에 있었다.

신희현은 그쪽을 향해 조금씩 움직였다.

절벽 한가운데. 크기는 약 30㎝ 정도 되는 수정.

점핑 크리스털이다.

색깔은 붉은색. 붉은색 수정이 빛나고 있었다.

조심스레 다가갔다.

[스킬, 채취를 사용합니다.]
[채취 작업이 진행 중입니다.]

레벨이 레벨이니만큼 채취는 그리 어렵지 않았다.

약 1분 정도가 지났을 때 점핑 크리스털이 인벤토리에 귀속되었다는 알림이 들려왔다.

"됐다."

점핑 크리스털은 순간이동을 할 수 있도록 도와주는 아이템이다. 신희현이 씨익 웃었다.

"이 던전 자체가 하나의 거대한 퀘스트라고 볼 수 있는 거거든. 이 절벽을 오르는 퀘스트."

"그렇다면 이것과 드리올 말뚝, 그리고 만드라 꽃은 퀘스트 클리어를 돕는 퀘스트 아이템이라고 할 수 있는 겁니까?"

"역시 엘렌. 많이 똑똑해졌네."

뭔가 일반적인 상황과는 다른 상황이긴 하지만 하여튼 엘렌은 기분이 좋아졌다.

신희현은 인벤토리에서 점핑 크리스털을 꺼내 들었다. 그리고 만드라 꽃을 입에 물더니 마치 껌처럼 질겅질겅 씹었다. 그 뒤 점핑 크리스털이 가지고 있는 스킬을 사용했다.

[스킬. 점핑을 사용합니다.]

그와 동시에 신희현의 몸이 마치 로켓처럼 위로 쏘아져 올라가기 시작했다.

[외부의 강력한 힘이 작용합니다.]

[불굴의 의지+7이 저항합니다.]

[만드라 꽃의 효능이 발현됩니다.]

[불굴의 의지+7이 저항을 정지합니다.]

엄청난 속도로 위로 쏘아져 올라간다. 켈트 던전에 도전했던 수많은 플레이어가 이 점핑 크리스털을 멋모르고 사용했다가 황천의 객이 되고 말았다.

만드라 꽃을 입에 물지 않은 상태로 점핑 크리스털을 사용하면 급속도로 변하는 기압 차 때문에 내장이 터진다. 그 확률이 대략 50퍼센트 정도 되었다.

1,500미터 지점을 지났다. 신희현의 몸은 계속해서 높이 쏘아져 올라갔다.

그리고 2,000미터 지점에 다다르자 속도가 느려졌다.

[스킬, 접착을 사용합니다.]

절벽에 달라붙음과 동시에.

[스킬, 도약을 사용합니다.]

길잡이의 본신 스킬 도약과 아르페스 신발의 도움을 얻어

15미터가량을 더 높이 뛰어올랐다.

[2,000미터 지점을 돌파하였습니다.]

신희현은 숨이 가빠옴을 느꼈다. 여기부턴 체력 싸움이다.

켈트 던전의 2,000미터 지점은 산소가 굉장히 희박해지는 곳이며 켈트병이라 불리는, 현실로 치면 고산병에 가까운 이상 증세를 일으키는 지점이다.

신희현은 원더를 소환했다. 호흡이 편해졌다.

'기압과 산소 농도를 신희현 플레이어에게 맞게 조절하였습니다.'

신희현은 드리올 말뚝을 박아서 몸을 누일 수 있도록 만들었다. 그리고 점핑 크리스털을 다시 꺼내 들었다.

[점프 스폿을 설정하시겠습니까?]

점프 스폿을 총 두 군데 설정할 수 있다.

한 군데는 자동으로 설정이 된다. 바로 점핑 크리스털이 있었던 그 자리.

그 자리는 초기 위치로 자동으로 지정이 된다.

1,000미터 이상부터 점핑 크리스털을 활용할 수 있다.

다시 말해 1,000미터까지만 오르면 여기까지는 순식간에 오를 수 있다는 소리다.

"오케이, 거점도 마련해 놨으니까 이제 좀 쉴까?"

신희현은 드리올 말뚝을 박아놓은 채 그대로 낙하했다.

새처럼 훨훨 날았다. 이 짓도 여러 번 하다 보니 꽤 재미있었다. 나름 스릴도 있었고.

낙하산 없이 스카이다이빙을 하는 느낌이랄까.

물론 낙하산보다 훨씬 안전한 윈더를 가지고 있기에 가능한 일이었지만.

그런데 신희현은 뭔가를 발견했다.

'윈더.'

'예.'

'나를 좀 더 바깥쪽으로 날려봐.'

'알겠습니다.'

신희현의 몸이 절벽으로부터 점점 멀어졌다.

'속도를 늦춰줘.'

마력을 확인했다. 넉넉했다.

대규모 공격을 감행하는 것도 아니고 이 정도라면 윈더를 40분 이상 소환할 여력이 되었다.

절벽을 멀리서 살펴봤다.

1,000미터에서 2,000미터 지점.

함정이 많고 기울기가 90도를 넘어서서 100도에 육박하는 마의 구간.

점핑 크리스털 없이는 공략하는 것이 거의 불가능에 가까운 구간에서 뭔가를 발견했다.

'뭔가가…… 있다.'

뭔지 정확하게는 알 수 없었다. 그런데 길잡이로서의 눈썰미가 뭔가 있다고 분명히 말해주고 있었다.

'다시 한번 살펴볼 필요가 있겠어.'

알지 못하는 무언가가 있었다. 과거에는 발견하지 못했던.

쿵!

소리가 났다.

여전히 상처는 없었다. 어린이 마틴의 품에 안긴 신희현이 피식 웃었다.

"희아, 마틴. 잘했어."

이것도 여러 번 하다 보니 많이 익숙해졌다.

희아도 제법 노련하게 솔로잉 실드를 펼쳐 주었고 여태껏 다친 적이 한 번도 없었다.

"그리고 당분간 자주 떨어질 거야."

신희현의 말대로였다.

신희현은 1,000미터 지점까지 올라가서 두 번의 '점핑'을 통하여 2,000미터 지점으로 향했다. 그 뒤 낙하하면서 1,000미터에서 2,000미터 지점을 유심히 살폈다.

그리고 마침내 무언가를 알아낼 수 있었다.

'결이 있다.'

켈트 던전의 절벽 1,000미터에서 2,000미터 지점.

신희현이 편의상 '2구간'이라고 부르는 그곳에는 결이 존재했다.

'디딤돌들이······.'

켈트 던전에는 수많은 디딤돌이 있다. 밟고 올라갈 수 있는 작은 요철 혹은 틈 등을 통틀어 디딤돌이라고 부른다.

멀리서 살펴보니 그 디딤돌들은 하나의 결을 이루고 있었으며.

'한곳을 가리키고 있어.'

한 방향을 가리키고 있었다는 거다. 위쪽이 아닌, 신희현 기준으로 오른쪽으로.

'왼쪽에는 점핑 크리스털이 있었고.'

그렇다면 오른쪽에는?

'뭔가 다른 것이 있는 건가?'

2구간은 염두조차 두지 않았었는데 원더의 목소리가 들려왔다.

'2구간에서 아무것도 발견하지 못했습니다.'

'그래?'

윈더에게 정찰을 시켜봤는데 아무것도 없었단다. 그럴듯한 아이템도 없고, 특별한 지점도 없고.

'하지만…….'

하지만 윈더가 발견하지 못한 것이라면?

'숨겨져 있는 무언가가 있을 수 있어.'

그렇다. 보통 길잡이가 아니면 발견할 수 없는 것들이 있다. 특히나 던전 안이라면 더더욱 그렇다.

'공략을 한번 해보는 게 좋겠어.'

그래서 예정에 없던 공략이 시작됐다.

제2구간. 점핑 크리스털이 발견된 이후로 그 누구도 공략하지 않았던 그곳을 말이다.

신희아가 물었다.

"오빠, 또 떨어졌어?"

"생각보다 어렵네."

부정하지는 않았다.

제2구간, 거긴 확실히 어려웠다.

위로 올라가는 게 차라리 쉽다. 그런데 결을 따라 이동하는 것이 쉽지 않았다.

오른쪽 방향. 신희현 기준 약 2시 방향으로 움직여야 하는데 그게 만만한 작업은 아니었다.

며칠이 흘렀다. 엘렌이 말했다.

"신희현 플레이어답지 않습니다."

엘렌은 이해할 수 없었다. 최소의 노력으로 최대의 효과를 이끌어 내는 플레이어인데 뭔가에 꽂혀서 이렇게 비효율적인 일을 하고 있으니 말이다.

신희현이 씨익 웃었다.

"뭔가 있어, 분명히."

그리고 신희현은 결국 발견할 수 있었다.

"저기, 안개의 농도가 특히 짙은 저기. 보여?"

엘렌도 윈더도 잘 모르겠다고 대답했다.

신희현의 눈에만 파악이 됐다. 특수한 형태의 공간이다. 일종의 눈속임 혹은 결계가 펼쳐져 있는 모양이었다.

알림이 들려왔다.

[히든 던전: '고대 동굴'에 입성하시겠습니까?]

찾아냈다. 히든 던전이다.

'히든 던전……!'

과거로 돌아온 이후, 두 번째로 맞닥뜨리는 히든 던전이다.

저번에 히든 던전은 '고대 유적'이었다. 그런데 이번에는 '고대 동굴'이란다.

'고대…… 라는 키워드로 이어진다.'

게임으로 치자면 하나의 메인 시나리오가 아닐까 싶었다.

물론 이것은 게임이 아니다. 현실이다. 수많은 미스터리를 가진 현실 말이다.

'그리고 아마도…… 앱노멀 던전이겠지.'

원래대로라면 클리어가 불가능한 던전.

하지만 원래대로가 아닌, 비정상적인 방법을 사용하면 클리어가 가능한 던전.

고대 유적도 그랬다. 그 당시 신희현은 황금 골렘을 사냥할 능력이 되지 않았다. 레벨 차이가 100에 육박했었다. 하지만 그는 결국 해냈다.

그러니 이번에도 충분히 해낼 수 있을 거라 생각했다.

'들어간다.'

신희아에게 무전 연락을 취했다.

－히든 던전을 발견했어. 안에 들어갈 거야. 연락 끊겨도 너무 걱정하지 마.

히든 던전, 고대 동굴에 입성했다.

고대 동굴.

안은 어두웠다. 굉장히 넓은 통로가 보였다. 높이가 대략 40미터 이상은 되는 것 같았다. 중간중간 물이 떨어져 내리는 소리가 들렸다. 물웅덩이도 보였다.

신희현은 손가락으로 물을 찍어 혀에 대보았다.

'이상 없고.'

불굴의 의지도 저항하지 않았다. 독 같은 것이 있었다면 불굴의 의지가 저항했을 거다.

'식수는 문제없네.'

신희현은 랜턴을 꺼내 들었다. 길잡이라면 이 정도는 다 챙기고 다닌다.

라이트를 켰다. 높이만큼이나 폭도 굉장히 넓었다. 폭이 약 200미터 정도는 되는 것 같았다. 거대한 동굴이었다.

신희현은 움직이기 시작했다.

얼마나 걸었을까.

'막혔네.'

길이 막혀 있었다. 주위를 둘러봤다. 탐색을 조금 해보니 여기가 끝인 모양이었다. 걸어왔던 길을 제외하고 앞쪽과 양옆이 막혀 있다.

그렇다면 남은 길은.

'위, 아니면 아래네.'

피식 웃었다.

이곳은 켈트 던전이다. 연관을 살펴보자면.

'하늘로 향하는 동굴쯤 되는 건가?'

다시 한번 주위를 살펴봤다. 그리고 깨달을 수 있었다.

이 형태, 이 공간.

그렇게 낯설지만은 않았다.

'투박한 형태의……'

'지저의 천공' 정도가 될 것 같다. 지저의 천공 축소판이라고 할 수 있겠다.

신희현이 지금 스카일을 얻고자 하는 이유가 바로 지저의 천공 때문이다. 아탄티아 던전 내에 있는 그곳을 수월하게 클리어하기 위하여.

'뭔가…… 하나로 이어지는 느낌이 든다.'

확신할 수는 없었다. 지금은 그냥 그런 느낌이 들었다. 신희현은 윈더를 소환했다.

'윈더, 위쪽으로 길이 이어져 있는지 확인해.'

'이어져 있습니다.'

예상이 맞았다. 하늘로 향하는 동굴이다.

절벽을 타야 하는 동굴. 문제가 있다면 굉장히 어둡다는 것이었다.

하지만 큰 문제는 아니었다.

윈더로부터 교감이 전해져 왔다.

'약 300미터 위쪽에 통로가 이어져 있습니다.'

'거기까지 이동시켜.'

켈트 던전은 절벽을 공략하는 던전이다. 하지만 이곳은 어떤 클리어 조건을 가졌는지 모른다. 그런 상황에서 쓸데없이 힘을 뺄 필요는 없다. 윈더의 힘을 활용하여 올랐다.

윈더가 발견했던 통로에 올라섰다.

"여기는……."

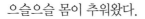

으슬으슬 몸이 추워왔다.

'이걸 벌써 사용하게 될 줄이야.'

발렌피트 가죽 옷은 '보온' 스킬을 가지고 있다.

3,000미터 구간을 돌파하면 굉장히 추워진다. 그래서 굳이 보온 스킬을 가지고 있는 발렌피트 가죽 옷을 착용했다. 가볍기도 하고.

[스킬, 보온을 사용합니다.]

눈 덮인 광야가 나타났다.
'예티 같은 놈들이 있을 수 있겠고.'
눈보라가 한쪽 방향을 향해 불어닥치고 있었다.
보통의 경우, 바람을 등지고 이동한다. 길잡이들의 불문율 같은 거다.
'지금 당장 발자국은 없는 것 같네.'
생긴다 하더라도 눈보라 때문에 금방 없어지기는 하겠지만. 알림이 들려왔다.

[한기가 플레이어의 신체에 영향을 끼칩니다.]
[불굴의 의지+7이 저항합니다.]

발렌피트 가죽 옷의 보온 능력을 뛰어넘어 한기가 신희현의 몸에 침투한 것 같았다. 하지만 불굴의 의지+7 덕에 저항을 완벽하게 해냈다.

'일반 플레이어들은 그냥 죽는 곳이네.'

걸음을 옮겼다. 그의 눈이 쉴 새 없이 주위를 훑었다. 그리고 스킬도 사용했다.

[스킬, 감각을 사용합니다.]

그때, 감각에 뭔가가 걸렸다. 정확한 거리는 가늠이 되지 않았다. 그런데 알 것 같기도 했다.

거리가 가늠되지 않는데 느껴진다?

이 눈보라를 뚫고서 느껴지는 거라면 놈이 거대한 덩치를 가졌을 확률이 높다.

신희현은 놈이 어떤 놈인지 추측할 수 있었다.

'그렇다면 놈은…….'

여기서 맞닥뜨리게 될 줄은 몰랐는데.

걸음을 옮겼다.

감각에 걸렸던 무언가가 저 멀리 모습을 드러냈다.

그의 예상이 맞았다.

9장
마지막 불의 제단

이만한 눈보라를 뚫고서 느껴지는 감각, 거대한 덩치. 그렇다면 선택지는 좁혀진다.

'투박한 형태를 가진 지저의 천공이라 생각한다면.'

그렇다면 답은 정해져 있었다.

'크레바스 맘모스!'

저만치 눈보라 사이로 거대한 덩치를 무언가가 천천히 걸음을 옮기고 있었다.

주황색에 가까운 피부를 가진 놈.

멀리 있어서 검은색 형상처럼 보였다. 하지만 확실했다.

30미터에 가까운 거대한 덩치, 길이만 10미터가 넘는 기다란 코, 양옆 약 7미터쯤 되는 상아.

'털이 없는 놈이야.'

털이 없는 형태의 크레바스 맘모스다. 신희현은 재빨리 라비트를 소환했다.

'라비트.'

라비트는 소환되자마자 깡충깡충 뛰었다.

'추, 춥소!'

발바닥이 얼어버릴 것 같은 추위에 라비트는 강아지처럼 폴짝폴짝 뛰어다녔다.

신희현에게 자비란 없었다.

'놈에게 접근하면 놈이 발을 들어 올릴 거야.'

'아, 알겠소! 뭐가 어찌 됐든 빨리 날 역소환해 주시오! 나는 추위가 무섭소!'

거대한 덩치만큼이나 발바닥도 거대하다.

'발바닥을 보면 볼록 튀어나온 부분이 있을 거야. 보면 보여. 그걸 찔러.'

'그게 끝이오?'

'그러고 나서 전력으로 도망쳐. 몬스터 존에서 벗어나는 즉시 역소환해 줄 테니까.'

어그로를 잡은 상태에서는 역소환이 불가능하다. 전력으로 도망쳐서 어그로가 풀렸을 때에 역소환이 가능해진다.

신희현은 그걸 주문했다.

'저 거대한 덩치가 무서워서 그러오? 검객 라비트에게는 도망 따윈 없소!'

'놈이 무서워서가 아니야.'

라비트는 신희현의 주문을 이해할 수 없었다. 하지만 고개를 끄덕였다. 교감을 통해 느껴졌다. 신희현은 지금 장난을 치고 있는 게 아니었다.

라비트는 폴짝폴짝 뛰면서 저만치 멀리 보이는 크레바스 맘모스에게 뛰어갔다.

"내 발바닥! 내 발바닥!"

어그로를 끌기 위하여 그런지는 모르겠지만.

"발바닥이 차갑다! 언다!"

연신 외치면서 가까이 접근했다. 크레바스 맘모스도 밑에서 폴짝거리는 무언가를 발견했다.

신희현은 눈보라에 맞서서 반대 방향으로 걸었다.

엘렌이 혹시나 싶어 말했다.

"신희현 플레이어, 반대 방향으로 되돌아가고 있습니다."

"알아. 일단 따라와."

바람을 등지고 걸을 때보다 훨씬 더 힘들었다. 눈보라를 뚫고 지나가야 하는 거니까.

'주인, 공격하겠소!'

신희현은 뒤를 힐끗 쳐다봤다.

크레바스 맘모스의 성격대로 발부터 들어 올렸다.

라비트가 높이 뛰었다.

"나는 추운 게 싫다!"

그러고서 레이피어를 크레바스 맘모스 발바닥 한가운데에 찔러 넣었다.

뿌오오오오오!

마치 코끼리가 내지르는 소리 비슷한 소리가 터져 나왔다.

라비트는 뒤도 안 돌아보고 뛰었다. 도망 따윈 모른다더니 매우 빨랐다. 뛰어갈 땐 두 발로 뛰었는데 도망 올 땐 네 발로 뛰었다.

크레바스 맘모스가 바닥을 쾅! 내려쳤다.

콰과광!

흡사 지진이 일어나는 듯했다.

쿠구궁!

실제로 땅이 울렸다.

신희현은 거리를 가늠했다. 직선거리로 약 800미터가량 떨어져 있는 것 같았다. 이 정도면 안정권이다.

'라비트도 성공적으로 도망쳤고.'

라비트를 역소환했다.

뿌오오오오!

상대를 잃은 크레바스 맘모스는 화가 난 건지 연신 바닥을 쿵쿵 내려쳤다.

쿠구궁!

쿠구궁!

지진이라도 일어날 듯 계속해서 땅이 흔들렸다.

신희현은 자신의 몸을 살펴봤다. 병장기는 가지고 있지
않다.

'됐다.'

시간을 재보니 이쯤이면 될 것 같다. 신희현은 다시 바람
을 등지고 크레바스 맘모스를 향해 걸어갔다.

그때, 엘렌이 뭔가를 발견했다.

"뭔가가 접근합니다."

"……."

예상대로다.

털이 없는 크레바스 맘모스, 저놈들 주위에는 분명히 다른
몬스터가 있다.

한두 마리가 아니었다.

크기는 약 2미터. 스키를 타고 움직이는 듯, 날렵한 움직
임을 보였다.

엘렌은 눈에 힘을 주고 저만치 앞을 쳐다봤다.

'펭귄……?'

펭귄 형태에 가까웠다. 그런데 스키를 타고 움직였다. 등

에는 총을 메고 있었다. 숫자는 약 10여 마리.

신희현은 계속해서 가까이 걸어갔다. 레벨 디텍터를 사용했다.

[레벨 ???]

레벨이 측정되지 않는 경우는 두 가지다.

플레이어 혹은 몬스터가 아니어서 ---로 표시되거나 레벨이 자신보다 높아서 보이지 않는 경우.

신희현은 침을 꿀꺽 삼켰다.

'예상은 했지만……'

'맘모스 헌터'는 사냥 자체가 불가능한 몬스터였다. 말칸도 그런 몬스터였다. 과거에는 말이다.

대격변 초창기에 나왔던 강력한 몬스터여서 못 잡았다. 그런데 맘모스 헌터는 최후의 던전에 이를 때까지도 잡은 전적이 없다.

"엘렌, 혹시 무슨 일이 있더라도 놀라지 마. 모습도 드러내지 말고."

실제로 레벨 400에 이르는 지금에도 맘모스 헌터의 레벨을 알 수 없다.

게다가 숫자는 12. 싸워서는 이길 수 없다.

탕! 탕!

총성이 터져 나왔다.

얼마 뒤, 크레바스 맘모스는 쿵! 소리와 함께 쓰러졌다.

신희현은 그 자리에 멈춰 섰다. 크레바스 맘모스가 한참을 난리를 피운 통에 어딘가 분명 균열이 생겼을 거다. 잘못 디디면 수백 혹은 수천 미터 아래 구덩이로 빠진다. 크레바스 맘모스를 정면으로 상대하지 않는 이유가 그거다.

크레바스 맘모스는 과학적으로는 설명할 수 없는 블랙홀 같은 것을 만들어내는데, 거기에 빠져서 살아나온 플레이어는 없었다.

크레바스 맘모스가 쓰러졌고, 맘모스 헌터들도 신희현을 발견한 듯했다.

스키를 타고서 재빠른 몸놀림으로 신희현에게 다가왔다.

신희현은 두 손을 들고서 웃어 보였다. 그러고선 엄지손가락을 척! 내밀었다.

맘모스 헌터들은 신희현을 요리조리 살펴보다가 신희현의 팔목을 묶었다. 끈을 사용하는 것이 굉장히 자유로웠다. 그리고 썰매 같은 것에 눕혔다.

엘렌은 아무런 말도 하지 않았다. 영체화 상태로 신희현의 뒤를 따랐다.

'순순히 납치를 당하시는 건가.'

이해할 수 없었다.

맘모스 헌터들이 '쁘리빠! 뿌리뽀뽀 빠라삐리뿌요!'처럼 '빠' 발음이 많이 들어간 뭔가를 쉴 새 없이 중얼거렸다. 나름대로의 의사소통 체계를 가지고 있는 것 같았다.

쁘리빠! 빠리빠빠! 빠라빠!

맘모스 헌터의 대장으로 보이는 놈이 먼저 움직이기 시작했고 놈들은 맘모스를 끌고서 빠른 속도로 이동했다.

엄청난 덩치의 맘모스는 저항도 하지 못하고 맘모스 헌터들에게 끌려갔다.

그렇게 시간이 흘렀다.

신희현은 맘모스 헌터의 마을에 도착했다. 이글루들이 보였고 광장에는 굉장히 커다란 불이 타오르고 있었다.

쁠뿌! 쁘루뿌! 쁘루뿌뿌!

신희현은 그 목소리에 잠이 깼다. 어느새 결박은 풀린 상태였다. 신희현의 눈앞에 수염을 잔뜩 기른 펭귄이 보였다.

'놈이 이 마을의 촌장이겠어.'

엘렌은 사실 조금 놀랐다. 이 몬스터, 그러니까 맘모스 헌터는 일반적인 몬스터와는 달랐다. 인간에게 적대적이지 않았다. 오히려 신희현에게 맘모스 고기라 짐작되는 무언가를 건넸다. 생고기라는 게 흠이긴 했지만.

신희현은 그 생고기를 아무렇지도 않게 뜯어 먹었다. 비린내가 굉장히 심했고 식감도 나빴다.

맘모스 고기는 별로 맛있지 않다. 솔직히 말해 맛없다. 신희현 정도로 단련된 길잡이가 아니라면 먹자마자 토를 할 수도 있다.

하지만 신희현은 아주 맛있는 것처럼 먹었다.

수염을 기른 맘모스 헌터는 흡족한 듯 고개를 끄덕였다.

신희현이 인벤토리에서 '불붙는 가지'를 하나 꺼내 들었다.

'불붙는 가지'는 아이템이다. 굉장히 쉽게 불을 피울 수 있으며 한번 피운 불은 상당히 오랜 시간 동안 꺼지지 않는다.

신희현은 그 불붙는 가지를 가리키고서 이상한 모양새를 취했다.

'뭐 하시는 거지?'

모양새를 보아하니 광장의 불을 여기로 옮길 수 있다는 것처럼 보이긴 하는데. 알 수 없었다.

광장에 맘모스 헌터 무리가 둘러섰다. 수십 미터 높이로 활활 타오르고 있는 거대한 불.

　신희현이 가까이 다가갔다.

[불굴의 의지+7이 저항합니다.]

　가까이 다가가면 다가갈수록 굉장히 뜨거웠다.

[더 이상 가까이 다가가면 화상의 위험이 있습니다.]

　신희현은 그래도 가까이 걸어갔다.

　쁘루빠! 빠라빠빠빠! 빠리! 빠리빠빠빠!

　맘모스 헌터들이 동요했다.

　빠리빠!

　뿌루루빠빠빠!

　엘렌은 침을 꿀꺽 삼켰다. 날개가 바들바들 떨렸다.

　잘은 모르겠는데 저 불은 굉장히 특이한 형태의 불이 틀림
없었다.

　신희현도 힘들어하고 있다. 불굴의 의지+7을 가지고 있는
데도 말이다.

　띵! 띵! 띵! 띵!

　신희현은 과거로 돌아온 이후, 처음으로 긴급 알림을 들었

다. 머리가 아파왔다. 저 불은 굉장히 위험하다는 뜻이다.

'후.'

신희현은 몸이 녹아내리는 것 같은 착각에 빠져들었다.

['마지막 불의 제단'에 지나치게 가까이 접근합니다.]

[신성 영역을 침범합니다.]

['마지막 불의 제단'이 경고합니다.]

띵! 띵! 띵! 띵!

긴급 알림이 계속 머릿속을 어지럽히고.

[불굴의 의지+7이 저항합니다.]

신희현은 마침내 '마지막 불의 제단' 바로 앞까지 걸어갔다. 이건 열기 수준이 아니었다.

'강동훈은…… 이 열기를 버텨냈다는 거지.'

맘모스 헌터 공략을 세상에 공개한 사람은 다름 아닌 강동훈이었다. 불의 법관 강민영을 꺾었던 불의 제왕 말이다.

'이러다 진짜 죽겠다.'

뒤를 힐끗 쳐다봤다. 타오르는 불의 열기 때문인지 소리는 들리지 않았다. 다만 맘모스 헌터들이 발을 동동 구르며 난리를 치고 있는 건 보였다.

'이제 돌아가도 되겠지?'

맘모스 헌터들에게 이런 성의만 보이면 된다. 그러면 이후의 상황은 일사천리로 진행될 거다.

'돌아가야겠어.'

그런데 그때, 목소리가 들려왔다.

—야, 너 진짜 죽으려고 환장했어? 신성 영역에 함부로 발을 들이밀어? 네까짓 게?

신희현은 순간 깜짝 놀랐다.

—라이나?

그의 머리가 빠르게 회전했다. 분명 라이나였다.

평소의 라이나라면 모습을 드러내지 못한다. 괜히 모습을 드러냈다가는 숙주(?)인 자신이 죽어버릴 수 있기 때문이다.

그런데 모습을 드러냈다?

'이곳이 신성 영역이라서 그런가.'

이 정도로 강력한 신성 영역은 거의 존재하지 않지만 가끔 '신성'과 관련된 퀘스트, 혹은 던전, 또는 그러한 영역이 있다.

그러한 곳에서 수호신들은 더욱 큰 힘을 발휘하곤 했었다.

'맞네.'

게다가 상성도 어느 정도 맞을 것 같다.

밝음의 여신 라이나. 등급은 임페리얼 노블레스.

모르긴 몰라도 이 '마지막 불의 제단'과 상성이 괜찮을 것 같다는 생각이 들었다.

도박을 한번 해보기로 했다.

'여차하면 이걸 정말로 얻을 수 있을지도 몰라.'

이것까지는 생각하지 않았다. 사실 맘모스 헌터의 마을로 들어온 건 다른 이유가 아니었다. 크레바스 맘모스가 만든 크레바스로부터 무사히 탈출한 뒤, 던전 클리어를 진행하기 위해서다.

맘모스 헌터는 다른 말로 '던전 길잡이'라고도 불린다. 이들은 반 몬스터, 반 NPC라고도 불리는 몬스터로서 클리어로 향하는 가장 빠르고 안전한 길을 제공한다.

그래서 신희현이 맘모스를 자극하여 맘모스의 위치를 발각시키고 맘모스 헌터들을 불러 모은 거다.

그 이후, 맘모스 헌터들에게 호감을 산 뒤 맘모스 헌터들이 가지고 있는 '클리어 크리스털'을 얻으면 클리어는 굉장히 쉽게 진행된다.

'그게 목표였었는데.'

몇 발자국만 더 움직이면.

'내게 오는 대미지는 커지겠지만······.'

그에 반해.

'밝음의 여신 라이나의 힘이 커진다.'

라이나는 현재로서는 충분히 믿을 수 있는 수호신이다. 수호자를 갉아먹으려고 했으면 진즉에 했다.

'그렇다면 임페리얼 노블레스 등급의 힘이 날 보호하겠지.'

발걸음을 힘겹게 또 옮겼다. 정말로 죽을 것 같은 위기감이 엄습해 왔다.

─야! 너 미쳤냐! 미쳤냐고! 빨리 떨어지지 못해!

라이나의 목소리가 더욱 커졌다. 그리고 몸이 강제적으로 뒤로 움직이려 했다. 라이나의 영향력이 그만큼 더 커졌다는 소리다. 이로써 확실해졌다.

─이대로면 너 죽어!

그래서 선택했다. 인벤토리에서 퓨리어스를 꺼내 들었다. 엘렌은 눈을 크게 떴다.

'저걸…… 사용하신다고?'

신희현은 꼭 얻어야 하는 아이템으로 퓨리어스를 꼽았다. 그래서 플로리아 던전을 클리어했었다.

저건 아주 나중에, 아주아주 나중에 사용한다고 했었다. 적어도 지금 사용할 것은 아니었다고 생각했다.

신희현이 퓨리어스를 마셨다. 라이나가 버럭 소리 질렀다.

─이게 진짜!

그리고 순간, 빛이 번쩍였다.

알림음이 들려왔다.

[퓨리어스를 섭취하였습니다.]

[퓨리어스가 신체에 작용합니다.]

퓨리어스는 모든 포션을 통틀어 최고로 치는 회복 포션이다. 모든 상태 이상으로부터 플레이어를 지켜준다.

죽지만 않았다면 그 어떤 상황에서도 플레이어를 살려내는 힘을 가지고 있다.

[최상의 컨디션으로 복귀합니다.]

아주 잠깐, 머리가 맑아지는 것 같은 기분이 들었다. 몸이 정상 상태를 되찾음과 동시에 라이나의 목소리도 더 커졌다.

ㅡ그까짓 게 얼마나 버틸 수 있다고 생각하는 거냐, 멍청아!

라이나의 경고는 옳았다. 한 발자국을 옮기기도 전에.

['마지막 불의 제단'이 경고합니다.]

['마지막 불의 제단'은 플레이어의 접근을 반기지 않습니다.]

거기에 더해.

[불굴의 의지+7이 저항합니다.]

온몸이 타들어 가는 듯한 작열감이 느껴졌다. 하지만 기어코 한 걸음을 내디뎠다.

엘렌은 침을 꿀꺽 삼켰다.

'······뭔가 위험하다.'

퓨리어스를 마셔서 괜찮을 줄 알았는데 그것도 아주 잠깐이었던 것 같다.

신희현은 씨익 웃었다.

죽을 것같이 괴로운 건 맞는데.

ㅡ그만둬! 이 자식아! 죽여 버릴 테다!

그만큼 라이나의 권능이 더 강해졌다. 다른 말로 하자면 라이나의 영향력이 더 커졌다는 말이다.

'나한테 하는 말인가······?'

잘 모르겠다. '마지막 불의 제단'에게 하는 말인지 그도 아니면 자신에게 하는 말인지.

정신이 혼미해졌다.

[밝음의 여신 라이나의 영향력이 강해집니다.]
[밝음의 여신 라이나의 의지가 플레이어를 지키길 원합니다.]

엘렌은 발견할 수 있었다. 신희현을 감싸고 은은하게 빛나는 결계 같은 것을 말이다.

'수호신의…… 보호인가……?'

확실했다. 밝음의 여신 라이나가 신희현을 지키려 힘을 발휘하는 중이었다.

신희현이 한 걸음 더 내디뎠다. 정말 죽을 것 같았는데 죽지는 않을 거란 묘한 확신이 있었다.

라이나가 투덜거렸다.

─살다 살다 이런 미친놈은 처음 보겠네.

오히려 조금 더 편해졌다. 물론, 상대적으로 그렇다는 말이다. 불굴의 의지+7이 저항하고 있는데도 여전히 죽을 것 같았다.

['마지막 불의 제단'에 접근했습니다.]

['마지막 불의 제단'이 플레이어의 접근을 허용합니다.]

그와 동시에.

"크하……."

신희현은 바닥에 주저앉아 거친 숨을 내쉬었다.

"헉…… 헉……!"

신기하게도 괜찮아졌다. 뜨거운 불길이 신희현의 두 눈을 가득 채우고 있었지만 괴롭지 않았다.

"여기까지…… 왔다."

그냥 성의만 보이면 되는 거였는데 얼떨결에 여기까지 왔다.

신희현은 '불붙는 가지'를 꺼내 들었다.

"설마하니 진짜로 이걸 할 수 있을 줄은 몰랐는데."

제단의 화력이 어찌나 강한지 순식간에 불이 옮겨 붙었다. 그리고 순식간에 재가 되어 없어져 버렸다.

라이나의 목소리가 들려왔다.

─마지막 불을 겨우 그딴 걸로 옮길 수 있을 것 같냐?

신희현이 말했다.

"그럼 어떻게 해야 하는데?"

─휴…… 너 같은 미친놈은 정말 처음 본다.

신희현은 문득 새로운 사실을 깨달았다.

'지금…… 라이나와 대화를 하고 있다?'

─그래! 이 미친놈아!

신희현은 깜짝 놀라 제자리에서 펄쩍 뛰었다. 표현상 그렇다는 게 아니라, 정말로 펄쩍 뛰었다.

엘렌이 밖에서 보기에는 정신병자처럼 보였다.

'생각도 읽을 수 있는 건가…….'

─그게 중요한 게 아냐. 아무리 내가 돕고 있다 하더라도, 또 불의 제단이 널 허락했다 하더라도 오래 버틸 수 있는 게 아냐. 지금 당장 발길을 돌려서 도망쳐.

알림이 들려왔다.

['마지막 불의 씨앗'이 인벤토리에 귀속됩니다.]

신희현은 몸이 달아오르는 것을 느꼈다. 어질어질했다.

–빨리 튀라고! 불의 씨앗 얻었으면 됐잖아!

신희현은 열심히 뛰었다. 엘렌이 가까워졌다. 그리고 정신을 잃었다.

24시간 후.

신희현은 정신을 차렸다. 주위를 둘러봤다. 자신은 구덩이 안에 누워 있었다.

"여기는……."

영체화한 엘렌이 말해줬다.

"신희현 플레이어의 몸에서 나온 열기가 이곳을 녹여 버렸습니다."

"내 열기 때문에 이런 구덩이가 생긴 거라고?"

"약 24시간 동안 신희현 플레이어의 몸이 불타올랐습니다."

신희현은 길잡이의 매서운 눈썰미로 뭔가를 발견했다.

"너 왜 눈이 퉁퉁 부어 있어?"

"잠을 못 잤기 때문입니다."

"영체 상태에서는 못 자도 상관없잖아."

"……."

신희현은 피식 웃었다. 아무래도 이거.

"너 울었어?"

"천족은 울지 않습니다."

"나 걱정했냐?"

"……."

엘렌은 한참 동안 신희현을 쳐다보다가 말했다.

"신희현 플레이어가 죽으면 저도 죽습니다. 그걸 유념하여 주시기 바랍니다."

"너 안 죽은 걸로 봐서는 나도 안 죽은 거잖아. 그런데 그렇게 걱정됐냐?"

엘렌이 진지한 표정으로 물었다.

"신희현 플레이어."

"어?"

"한 대 때려도 됩니까?"

그래도 엘렌은 웃었다.

저만치 위에서 밧줄이 내려왔다. 구덩이의 깊이는 적어도 30미터 이상은 되어 보였다.

뿌삐빠빠! 빠리빠! 빠루루빠!

맘모스 헌터들이 내려준 밧줄이었다. 신희현은 그걸 타고 올라갔다. 다리에 힘이 풀렸다. 또 정신을 잃었다. 또 하루가 지났다.

그사이, 엘렌의 눈은 더욱 빨개졌고 더욱 퉁퉁 부어올랐다.

정신을 차린 신희현은 맘모스 헌터들로부터 극진한 대접을 받았다.

[클리어 크리스털을 획득하였습니다.]
[클리어 크리스털을 활용하면 빠른 던전 클리어가 가능해집니다.]
[획득한 던전 내에서만 사용이 가능합니다.]

맘모스 헌터가 던전 길잡이라고 불리는 이유다. 성의만 보이면 클리어 크리스털을 선물로 준다. 이걸 사용하면 던전을 클리어할 수 있다.

신희현은 기억을 떠올려 봤다.

'내가 얻은 게…… 마지막 불의 씨앗……?'

인벤토리를 살펴봤는데 이에 대한 설명은 알 수 없었다.

'?'로만 표시되었다. 게다가 인벤토리 밖으로 꺼낼 수도 없었다. 꺼내려고만 하면.

띵! 띵! 띵! 띵!

요란한 경고음을 터져 나왔다. 마치 꺼내기라도 했다가는 무슨 일이라도 벌어질 것처럼 말이다. 이런 건 일단 두고 보는 게 나았다.

'그런데……'

그런데 조금 이상한 점을 발견했다. 마지막 불의 제단의 불이 조금 약해진 것 같다는 생각이 들었다.

'뭐……'

아무렴 어때. 클리어 크리스털을 얻었다. 그렇다면 히든 던전 '고대 동굴'을 클리어할 수 있을 거다.

[클리어 크리스털을 사용하시겠습니까?]

사용했다.

[히든 던전: 고대 동굴이 클리어되었습니다.]
[보상의 방으로 이동합니다.]

신희현은 보상의 방으로 이동했다. 그런데 여타 다른 던전과는 약간 달랐다.

"이건……."

머릿속으로 어떠한 정보가 입력됐다.

말로 표현하면 거창하지만 실상을 살펴보면 그런 거다.

게임을 플레이 할 때 많은 사람이 'SKIP' 버튼을 즐겨 사용한다. 배경을 설명한다거나, 스토리를 설명한다거나 할 때에는 SKIP을 사용하는데 지금은 SKIP 버튼이 없다.

신희현의 눈에 맘모스 헌터들이 보였다. 마지막 불의 제단을 향해 절을 올리며 '삐리빠빠! 뿌리빠빠! 빠! 빠빠빠빠!'라고 뭔가를 절실하게 외쳤다.

마지막 불의 제단이 점점 사그라들었다. 눈보라가 더 맹렬하게 몰아치기 시작했다. 그렇게 시간이 흘러 맘모스 헌터들이 하나하나 죽어가기 시작했다.

배경이 조금 바뀌었다.

'털 달린 맘모스?'

털이 있는 형태의 크레바스 맘모스는 털이 없는 형태의 크레바스 맘모스보다 훨씬 강력한 개체다. 맘모스 헌터들조차도 쉽사리 건드리지 않는 몬스터이며 추위에 굉장히 강하다고 알려져 있는 몬스터였다.

당연한 말이지만, 과거에도 이 크레바스 맘모스를 잡은 플레이어는 없었다.

쿵!

소리와 함께 털이 있는 크레바스 맘모스가 쓰러졌다. 얼어 죽었다. 이름 모를 몇몇 몬스터도 동사했다.

마지막 불의 제단이 있던 자리도 꽁꽁 얼어붙었다.

마치 누군가가 배경을 보여주는 듯했던 그러한 장면이 끝이 났다.

'이건…… 뭐였지?'

과거에도 이런 건 없었다. 신희현에게 알림이 들려왔다.

[클리어 등급을 산정합니다.]

시간이 오래 걸렸다.

[프리미엄 노블레스 등급으로 인정됩니다.]
[클리어 보상을 산정합니다.]
['불의 씨앗'의 '고유 소유권'을 인정합니다.]

신희현은 인상을 찡그렸다. 프리미엄 노블레스 등급이다.

어마어마한 보상이 뒤따라야 하는 게 맞긴 맞긴 건데.

'고유 소유권?'

그건 또 무슨 말이란 말인가.

'모르는 것투성이군.'

과거로 돌아와서 모든 것을 다 알고 있다고 생각했는데 아무래도 그건 아닌 것 같았다.

[고유 소유권으로 인하여, 플레이어는 불의 씨앗을 그 누구에게도 양도할 수 없습니다.]

알림이 들려왔지만 무슨 말인지는 알 수 없었다.

'일단 그건 그렇고.'

그러고 나서 다른 보상 알림을 기다렸다. 그런데 알림이 없었다.

'없다고?'

그래서 엘렌에게 물었다.

"엘렌, 보상이 이게 끝이야?"

"……그렇습니다."

엘렌은 괜히 기뻤다. 모든 걸 다 알고 있을 줄 알았던 신희현이 자신에게 먼저, 그것도 이렇게 적극적으로 질문을 하고 있지 않은가.

그녀는 괜히 행복해져서 조금 기쁜 듯 말했다.

"아무것도 없습니다."

"……진짜?"

"예, 정말입니다. 진짜 아무것도 없습니다."

알림이 들려왔다.

[보상의 방에서 퇴장합니다.]

[던전의 입구로 복귀합니다.]

신희현은 순간 휘청거렸다.

"어라……?"

"신희현 플레이어?"

엘렌은 심각함을 깨달았다. 그녀답지 않게 크게 외쳤다.

"신희현 플레이어!!!"

제2구간. 그곳에서 신희현이 또다시 정신을 잃었다. 현재 높이 약 1,200미터.

정신을 잃었으니 당연히 마틴도 소환하지 못했다.

점점 더 빠르게 떨어져 내렸다. 신희현에게 의식이 없으면 엘렌은 영체화 상태로만 존재할 수 있다.

"신희현 플레이어!!!"

그녀가 아무리 크게 외쳐도 밑의 플레이어들에게는 들리지 않는다는 소리다.

불굴의 의지고 뭐고 1,000미터 이상 높이에서 떨어지면 무조건 죽는다.

높이 약 900미터.

신희현의 몸이 더욱 더 빠르게 낙하했다.

높이 약 800미터.

엘렌이 빠르게 쫓아 내려갔다. 하지만 그녀가 할 수 있는 건 아무것도 없었다.

"제발……! 눈을 뜨십시오!!!"

크게 외쳤다. 그녀의 눈에서 눈물이 쏟아져 나왔다. 물방울이 위로 솟구쳤다.

높이 약 600미터.

신희현은 여전히 정신을 차리지 못했다.

높이 약 300미터.

신희아는 위를 쳐다볼 생각조차 하지 않았다. 마틴이 소환되지 않았으니까.

"그나저나 오빠 엄청 안 나타나네. 도대체 언제 나오는 거야?"

히든 던전인지 뭔지 그걸 클리어하지 못할 거라고 생각은 하지 않았다. 그런데 이렇게 안 나올 줄은 몰랐다. 그사이 강유석은 신희아와 많이 친해졌다.

"그러게. 정말 안 나오시네."

강유석이 제아무리 천재여도 신희현이 떨어지고 있다는 걸 알 수는 없었다.

높이 약 200미터. 엘렌이 목이 터져라 외쳤다.

"위를 보십시오! 위입니다! 위! 위라고!!!"

하지만 영체 상태의 그녀의 목소리는 그들에게 닿지 않았다. 솔로잉 실드도 없고 윈더의 보조도 없고, 마틴의 도움도 없다. 떨어지면 100퍼센트 사망이다.

높이 약 100미터.

강유석이 뭔가를 발견했다.

"저, 저건……!"

신희현이었다.

아무래도 정신을 잃은 것 같았다. 신희현의 몸은 마치 총알처럼 빠르게 떨어져 내렸다.

눈 깜짝할 사이에 지면에 접근했다.

높이 약 50미터. 신희아가 황급히 외쳤다.

"소, 솔로잉 실드!"

그사이에 신희현의 모습이 더욱더 가까워졌다. 신희현은 정말로 의식을 잃은 상태.

높이 약 30미터. 이제 눈 한 번 깜짝하면 신희현은 땅에 떨어지게 될 거고, 그렇게 되면 신희현은 죽게 될 거다.

"제발 눈을 뜨란 말입니다!"

높이 약 10미터.

정말로 지척. 신희현이 눈을 떴다. 어떻게 손 쓸 새도 없을 것처럼 보였다. 엘렌이 울먹거리면서 외쳤다.

"신희현 플레이어!!!"

그녀답지 않게 그녀의 얼굴은 눈물과 콧물로 뒤범벅된 상태였다.

신희현은 눈을 뜸과 동시에 상황을 파악했다. 아무래도 히든 넌전을 빠져나오자마자 정신을 잃은 모양이다.

'이대로면 죽는다……!'

무슨 수라도 써야 했다. 높이 약 3미터. 땅과 부딪치기 직전. 신희현이 뭔가를 꺼내 들었다.

10장
달라진 세상

신희현의 눈앞에 땅이 보였다. 부딪치면 죽는다.

엘렌이 소리치는 소리도 들려왔다. 신희아도 보였다. 솔로잉 실드가 걸린 것도 확인했다.

그래 봤자 소용없다.

윈더를 소환하기에도 늦은 것 같다.

'점프.'

그래서 점핑 크리스털을 사용했다.

[점핑 크리스털을 사용했습니다.]

[점핑 스폿으로 이동합니다.]

점핑 스폿은 약 1,000미터 지점. 처음 점핑 크리스털을 획득했던 곳이다.

신희현은 안도의 한숨을 내쉬었다. 그곳은 신희현이 베이스캠프를 구축한 곳이다. 드리올 말뚝과 밧줄을 사용하여 누워서 쉴 수 있도록 해놓았다.

"신희현 플레이어!"

"괜찮아, 괜찮아."

"괜찮긴 뭐가 괜찮습니까!"

엘렌이 버럭 소리를 질렀다. 흥분했는지 4장의 날개가 활짝 펴졌다.

"어, 너 지금 나 걱정했냐?"

"전 그런 거 하지 않습니다."

신희현은 피식 웃었다.

'너 지금 완전 눈물 콧물로 범벅됐는데.'

평소의 엘렌을 아는 사람이라면 지금 엘렌이 보이고 있는 모습을 이해할 수 없을지도 모른다.

"그럼 나 떨어진다."

랜지 스톤을 통해 마틴을 소환했다.

'떨어질 거라고 전해.'

그리고 자유로이 낙하했다. 윈더를 통해 내려가는 속도를 조절했다.

약 50미터 지점에서 접착 스킬을 통해 벽에 붙은 다음 다시 안전하게 떨어졌다.

솔로잉 실드를 받은 채 마틴의 품에 안겼다.

"오빠!"

신희아는 신희현의 등짝을 세게 때렸다.

"너도 울었냐?"

"몰라!"

신희아는 신희현이 무사한 것을 보고 땅바닥에 주저앉아 엉엉 울었다. 상황을 모르는 마틴은 고개를 갸웃했다.

신희현은 피식 웃었다.

상황을 종합해 보면 갑자기 또 정신을 잃었고 높은 곳에서 떨어졌다. 운 좋게 충돌 직전에 눈을 떴다. 점핑 크리스털을 통해 위기를 탈출한 건 꽤 좋은 선택이었다.

신희현은 대수롭지 않게 말했다.

"뭐, 어쨌든 살았으면 됐지."

조금 쉬기로 했다.

신희아가 되물었다.

"그러니까 오빠 말은 뭔가 거대한 시나리오 같은 게 있다는 소리야?”

“그럴 가능성이 높아.”

키워드는 '고대'다. 고대 던전을 클리어했고 이번에는 고대 동굴을 클리어했다.

둘 모두 히든 던전이었으며 일반적인 방법으로는 클리어 자체가 불가능한 던전이었다.

'고대 던전에서는…….'

황금 골렘이 있었다. 노블레스 등급을 줬다는 걸 제외하면.

'그렇게 특별한 것은 없었던 것 같은데.'

그리 특별한 점은 없었다. 굳이 꼽아보자면 황금으로 이루어진 거대한 신전 같은 게 있었다는 것 정도.

'아.'

황금으로 이루어진 신전. 황금 골렘. 그렇다면 황금이 키 포인트일 수 있다.

'그리고…….'

고대 동굴에는 크레바스 맘모스와 맘모스 헌터가 있었다. 그리고 불의 제단이 있었다.

'황금 신전과 불의 제단이라.'

그리고 고대 동굴은 아탄티아 던전 내에 존재하고 있는 '지저의 천공'의 축소판이라고 볼 수 있는 형태의 통로가 존재했다.

'게다가 이곳을 클리어하면 스카일이 주어진다.'

스카일은 지저의 천공을 빠져나올 수 있도록 도와주는, 매우 유용한 아이템이다.

"뭔가…… 내가 모르는 무언가가 이어지고 있는 기분이 들어."

정확하게는 모르겠지만 말이다.

신희아가 눈을 동그랗게 떴다.

"오빠가 모르는 것도 있어?"

신희현이 피식 웃었다.

"그러게나 말이다."

생각은 여기까지 하기로 했다. 이곳에서 더 생각한다고 특별한 무언가가 나타날 것 같지는 않았으니까.

그렇게 한 달이 흘렀다.

길잡이 팀, '파인더'를 이끌고 있는 리더 고용식은 투덜거렸다.

"젠장, 이게 도대체 뭐야?"

"한 달 지나면 탈출이 가능한 것 같은데요."

"이딴 걸 어떻게 클리어하라고 만들어 놓은 거지?"

아무리 찾아봐도 길 따윈 보이지 않았다. 꼼수도 없는 것 같았다. 말 그대로 이 절벽을 오르라는 것 같은데.

'이게 가능한 사람이 있기는 있는 거냐?'

고용식은 7명으로 이루어진 길잡이 팀을 운용하고 있다.

이들은 새로운 던전들을 찾아내고 그 정보를 플레이어들에게 판매하고 있다. 판매뿐만 아니라 그 던전을 함께 클리어해 주고 따로 보상까지 두둑하게 챙기는 팀이다.

길잡이들로 이루어진 이 팀은 상당히 신뢰를 받고 있으며 많은 플레이어가 원하는 팀이기도 했다.

"먼저 온 팀이 있는 모양인데요."

신희아와 강유석이 보였다. 고용식이 둘에게 다가갔다. 정보나 좀 얻어볼까 싶어 말을 걸었다.

"들어온 지 얼마나 됐습니까?"

강유석이 대답했다.

"거의 한 달이요."

"어라…… 근데 어디서 많이 본 얼굴인데……."

기억을 떠올렸다. 길잡이들 중 한 명이 말했다.

"물의 정령사 강유석입니다!"

고용식은 깜짝 놀랐다. 강유석이라니. 그렇다는 말은.

"설마……."

강유석이 고개를 끄덕였.

"빛의 성웅 팀입니다."

"아…… 영광입니다."

잠깐이나마 인사를 나눴다. 길잡이들은 쑥덕거렸다.

말로만 듣던 그 빛의 성웅 팀 아닌가.

강유석의 얼굴은 알려져 있었지만 다른 플레이어들은 알려져 있지 않았다. 더 정확히 말하자면 폴리모프 포션을 복용한 얼굴만 알려져 있었다.

파인더의 고용식은 굉장히 비굴해졌다.

"이렇게 미인분께서 속해 계실 줄은 몰랐군요."

두 손을 싹싹 비비면서 아부를 떠는데, 파인더의 길잡이들은 그 모습을 보며 한숨을 내쉬었다.

"우리 대장 왜 저러냐 진짜."

듣자 하니 원래는 무슨 대기업의 과장이었다고 하는데 초고속 승진을 했단다. 영업 부서에 있다가 초고속 승진을 한 젊은 인재였다는데, 뭐 저렇게 아부를 잘하나 싶다.

"정령사라니. 정말 생소하면서도 대단한 직업 같습니다."

으하핫 웃고 있는데 뭔가가 하늘에서 떨어졌다.

"대장님! 하늘에서 뭔가가 떨어집니다!"

보니까 저건 사람이었다.

"그런데 뭔가 좀 이상합니다."

"그러게……?"

떨어지고 있긴 있는데 너무 편안하게 떨어지고 있다. 그 흔한 비명도 안 지른다.

'저, 저 덩치는……!'

모든 길잡이의 이상향. 길잡이들의 신이나 다름없는 빛의 성웅이 소환하는 '마틴'이 아닐까 싶었다. 엄청난 덩치였다.

대단한 위압감을 가진 그가 강유석에게 말했다.

"형, 옆으로 좀만 더 가요."

"어, 그래."

그들은 마틴이 어린이라는 것을 알지 못했다. 그저 강유석이 더 형이라는 사실에 놀라워할 뿐.

"읏쌰!"

마틴은 신희현을 가볍게 받아냈다.

"어, 새로운 분들이네."

파인더는 침을 꿀꺽 삼켰다. 말로만 듣던 빛의 성웅 아닌가. 신희아는 인상을 찡그렸다.

'내 오빠지만 진짜…….'

떨어지는 그사이, 또 언제 폴리모프 물약을 마신 건지 모르겠다. 정말 어마어마하다.

떨어지면서 누가 있는 걸 파악하고 폴리모프 물약을 마셨다. 몇천 미터 높이에서 떨어지면서 말이다.

신희현이 말했다.

"이 던전은 곧 클리어됩니다. 인스턴스 던전이니 클리어되면 전부 밖으로 나갈 수 있을 겁니다."

파인더의 길잡이들은 안도의 한숨을 내쉬었다. 신희현이 다시금 위로 올라갔다.

파인더의 길잡이들도 도전해 보기로 했다.

"어쨌든 50미터 이하에서는 떨어져도 안 죽는다니까 한번 해보죠?"

이틀이 지났다. 그들은 결론을 내렸다.

"이건 못 하는 겁니다."

어찌어찌 50미터까지 올라간다 치더라도 그 이상은 올라갈 수 없었다.

발 한번 잘못 디디면 병신 된다. 운 나쁘면 죽는다. 고용식은 그냥 포기하기로 했다. 가만히 있으면 클리어되는 곳인데 도박을 할 필요는 없지 않은가.

'와…… 정말 어지간한 담력으로는 안 되겠네.'

그런데 빛의 성웅은 몇천 미터를 오른단다. 괴물은 괴물이었다.

얼마 뒤, 클리어됐다는 알림이 들려왔다.

[축하합니다!]
[켈트 던전이 클리어되었습니다.]

[던전을 탈출합니다.]

신희현의 예상대로였다. 길잡이 전용 스킬 '초감각'과 아이템 '스카일'을 얻었다.

클리어 등급은 노블레스 등급 클리어. 이제 노블레스가 아니면 이상할 정도다.

'초감각.'

[스킬, 초감각을 사용합니다.]

감각에 많은 것이 걸렸다. 주변의 나무들, 흙, 그리고 함께 던전을 빠져나온 플레이어들.

그 많은 것이 정보가 되어 머릿속으로 입력됐다. 눈으로 보는 것과는 다른 느낌이다.

한눈에 바로 이해되는, 잘 정리된 표가 머리에 박히는 것 같은 기분이다.

[레벨 디텍터와의 연계가 가능합니다.]

신희현은 고용식을 쳐다봤다. 고용식의 몸이 확대되어 눈에 들어오는 것 같은 기분이 들었다.

[레벨: 192]

[클래스: 길잡이]

[성향: 비굴]

신희현은 씨익 웃었다.

'이 정도인가?'

초감각이란 건 눈으로 보지 못하는 정보들을 읽어낸다.

눈앞의 나무를 쳐다보고 그것을 더 자세히 해석하길 원하면 그 나무의 나이가 보인다. 나무의 나뭇잎이 몇 개 정도 되는지도 확인할 수 있다. 3,000개의 나뭇잎이 있다면 그걸 자연스레 알게 된다.

'복잡한 상황에서 초감각은 그 어떤 스킬보다도 유용하다.'

수많은 정보를 한순간에 정리하여 머릿속에 입력해 준다고 보면 됐다. 신희현은 서울로 향했다.

'뭔가…… 이상하다.'

이상함을 발견했다.

강민영이 신희현에게 와락 안겼다.

"오빠!"

눈에는 눈물이 글썽거렸다. 예상했던 것보다 일주일 정도 늦어졌다. 그사이 강민영은 마음고생을 많이 한 것 같았다.

약 한 달 만에 애인을 본 강민영은 마치 껌딱지처럼 신희현에게 달라붙었다.

"보고 싶어 죽는 줄 알았어."

신희현도 강민영을 와락 끌어안았다.

"나도. 내가 더 보고 싶었어."

"내가 더 보고 싶었어!"

"내가 훨씬 더 많이 보고 싶었어."

신희아는 인상을 찡그렸다.

애인끼리 재회한 것은 보기 좋으나.

'너무 닭살이네.'

눈에서 하트가 뿅뿅 쏟아지는 것 같은 그런 기분이랄까.

어쨌든 간만에 모두가 모였다.

신희현이 먼저 말했다.

"뭔가가…… 많이 달라졌네."

이곳까지 오는 것이 수월하지 않았다.

'이런 건 전혀 예상하지 못했는데.'

강민영이 무겁게 고개를 끄덕였다. 신희현이 없는 사이, 커다란 변화들이 있었다. 신희현조차도 예상하지 못했던 변화였다.

"응…… 피해가 너무 커."

신희현이 이곳, 그러니까 북한산 주변에 자리를 잡은 건 이 지역이 몬스터들의 침공 혹은 던전 브레이크로부터 가장 안전한 곳이기 때문이다.

이곳은 그다지 피해가 없었다. 그런데 다른 곳들은 아니었다. 수많은 곳이 초토화됐다.

강민영이 말을 이었다.

"몬스터 게이트 2개가 한꺼번에 오픈 됐어."

"플레이어들은……?"

하나는 경기도 이천에, 하나는 서울 노원구에 오픈 됐다.

"플레이어도 많이 죽었어. 정확한 집계는 아직 되지 않았지만 적어도 수백 명 이상의 플레이어가 죽었을 거야. 일반 시민의 피해는 말할 것도 없고. 고구려도 지금 비상이야."

신희현은 고개를 갸웃했다.

"몬스터 게이트가 2개 오픈 돼서…… 수백 명이 죽었다고?"

이상했다. 수천 명도 아니고?

"응, 피해가 심각해."

아니, 그건 피해가 너무 적은 건데.

플레이어들의 수준이 과거와는 비교도 할 수 없을 만큼 높아진 것은 맞지만 3번 게이트의 그놈들과 싸웠다면…… 수백 명 정도로는 어림도 없을 텐데.

신희현은 말을 삼켰다. 강민영의 말을 통해 상황을 알 수 있었다.

'과거보다…… 레벨은 많이 올라갔는데…….'

그건 틀림없는 사실이었다. 하지만 신희현이 간과한 것이 있었다. 플레이어들이 너무 안일해졌다.

겨우 수백 명이 죽었을 뿐인데 그것에 겁먹고 '방'으로 도망을 쳤다. 덕분에 플레이어들은 별로 안 죽었다.

대신 일반 사람이 많이 죽었다. 강민영조차도 수백 명 죽은 것을 '심각한 피해'라고 얘기하고 있었다.

'이제부터 본격적인 시작인가.'

대격변 후 2년간 인류의 암흑기가 찾아온다. 그게 본격적으로 시작된 것 같다. 신희현이 아무리 강해도 혼자서는 어떻게 할 수 없는 그 시기 말이다.

그건 분명히 예상하고 있었다. 하지만.

'이런 건 예상 못 했는데…….'

여태까지는 과거와 거의 똑같이 흘러갔다. 하지만 이제 달라졌다.

과거와는 다른 세상이 되어 있었다.

'시간이 빠르게 흘러가는 느낌이야.'

과거에는 10년의 시간이 있었다. 그런데 어쩌면.

'어쩌면…… 빨라질 수도 있겠어.'

그런 기분이 들었다. 일단은 눈에 닥친 문제부터 해결하기로 했다. 고구려에 연락을 넣었다.

"이천에 있는 게이트로 향하겠습니다."

빛의 성웅이 던전에서 복귀하여 이천으로 향했다는 소식이 전국을 강타했다.

이천으로의 이동은 헬리콥터로 하게 됐다. 헬리콥터 안에서 신희현은 생각에 빠졌다.

'내가 잘하고 있는 건가.'

플레이어들의 수준은 과거보다 훨씬 높아졌다. 어디까지나 '레벨'이라는 측면에서만 보면 말이다.

'그런데 내가 없는 상태에서의 대처 능력은 현저하게 떨어져.'

만약 과거와 같은 상황에서 지금 같은 능력치를 가지고들 있었다면 이천에 있는 3번 게이트는 클리어가 가능했을 수도 있다. 물론 큰 피해는 있었겠지만.

'방으로 도망을 치다니.'

과거에는 이런 적이 별로 없었다. 그때에는 플레이어들에게 위기감이 있었던 것 같다.

이것을 우리가 막아내지 못하면 인류가 멸망한다. 이런 느낌이었다.

하지만 지금은 조금 달랐다.

'온실 속의 화초처럼 육성이 된 건가.'

공략의 방을 통해 안전한 공략들이 유포됐고 덕분에 플레이어들은 목숨의 위협을 별로 느끼지 않으면서 던전과 방을 클리어해 왔다.

'위험을 받아들이는 정도가 너무 예민해.'

이래서야.

'최후의 던전까지 어떻게 될지 모르겠어.'

신희현 스스로가 아무리 강하다고 해도 최후의 던전까지 가는 길은 험난하다.

당장 지금의 3번 게이트만 하더라도 쉽지 않다. 이건 레벨과는 별개의 문제다. 3번 게이트의 스테이지 4에는 '그놈'이 기다리고 있으니까.

'나는 잘하고 있는 것인가.'

알 수 없었다. 민영이 물었다.

"오빠, 무슨 생각을 그렇게 해?"

"아무것도 아냐."

민영은 신희현의 손을 가만히 잡았다.

민영은 신희현이 무슨 생각을 하고 있는지까지는 알지 못했지만 그 나름대로 고민에 빠져들었다는 사실은 눈치챘다.

'내가 힘이 되어줄게.'

민영은 희현의 손을 꼭 잡았다. 신희현은 피식 웃었다.

민영이 뭘 말하고 싶은 건지 알겠다. 민영의 머리를 두어 번 쓰다듬었다.

신희아는 우— 하고 야유 아닌 야유를 보냈다.

"지금 우리 엄청 위험한 거 클리어하러 가는 건데……. 여기서 그렇게 닭살이야?"

"부러우면 너도 애인 만들던가."

"하나도 안 부럽다!"

그때, 과묵한 줄로만 알았던 탱커 김경수가 푸흡 하고 웃음을 터뜨렸다.

신희현은 3번 게이트를 클리어하기 전 몇 가지를 고구려에 요청했다.

인원수에 맞는 선글라스와 탱커 3명을 필요로 했다.

신희현이 이렇게 물었다.

"김경수 탱커⋯⋯ 연락 가능합니까?"

최용민은 고개를 끄덕였다.

"⋯⋯가능합니다."

그래서 탱커 김경수가 함께하게 됐다. 김경수뿐만 아니라 김경수와 함께하는 탱커 세 명이 따라붙었다.

이들은 따로 팀명을 정하지는 않았다. 하지만 이들을 일컫는 이명은 따로 있었다. 바로 '헤라클레스'다.

헬기 안, 신희현은 생각했다.

'이들과 함께해서 다행이야.'

김경수는 언제 웃었냐는 듯 다시 과묵함을 되찾았다. 마치 자신은 전혀 웃은 적이 없다는 듯 근엄한 척을 하는데 신희아는 그게 재미있는지 킥킥대고 웃었다.

'자고로 남자는 근엄해야 하는 법'이라고 생각하는 듯한 김경수의 태도가 신희아에게는 정말 재미있는 듯했다.

그런 신희아를 신강철이 뚫어져라 쳐다봤다.

'저 누나, 저 형한테 엄청 호감 보내고 있는 것 같은데.'

착각일 수도 있지만 하여튼 그랬다. 신희현, 강민영, 강유석, 신희아, 신강철로 이루어진 빛의 성웅 팀과 헤라클레스는 이윽고 3번 게이트에 도착했다.

김경수 옆에 선 탱커 이시찬은 입을 쩍 벌렸다.

"세상에······."

완전히 폐허가 되어 있었다. 현재 게이트는 닫힌 상태.

"피해 규모가 어마어마하네요."

"······."

김경수는 고개를 끄덕였다. 그의 눈은 신희현을 향했다. 아까 헬기 안에서 들었던 말이 기억났다.

'빛의 성웅은······ 모르는 게 뭐지.'

헤라클레스 말고는 아무도 모르는 스킬명을 아무렇지도 않게 말했다.

스테이지 4까지는 쉬고 있으란다. 스테이지 4가 되면 선글라스를 착용하고 도우라고 했다. 그 와중에 '스토닝'을 사용하라고 했다.

신희현이 걸음을 옮겼다.

"내가 말한 거, 다들 기억나지?"

다들 고개를 끄덕였다. 신강철이 대표해서 대답했다.

"응, 아무것도 안 하면 되잖아. 스테이지 4가 될 때까지."

이시찬이 김경수에게 속삭였다.

"대장님, 진짜로 혼자서 스테이지 1을 클리어할 생각인가

봐요. 팀원들 도움 없이."

"……."

빛의 성웅이 강하다는 것은 알고 있지만 그걸 실제로 본 적은 없었다.

약간은 의심이 들었다. 이렇게 도시가 초토화된 것은 스테이지 3도 아니고 스테이지 1 때문이다.

그런데 혼자서 클리어하겠다니, 게다가 4까지 다이렉트로 이동할 거란다.

"저와 거리가 벌어지면 안 됩니다. 스테이지 4는 함께해야 하니까."

몬스터 게이트가 열렸다.

스테이지 1.

한 손에 짧은 단검 같은 무기를 든 해골 병사들이 쏟아져 내려왔다.

해골 병사. 말로만 들으면 별거 아닌 것 같지만 실제로 보면.

"장난 아니네요."

이시찬은 몸을 부르르 떨었다. 시체 썩은 것이 살아서 돌아다니는 것 같다. 그것도 한두 마리도 아니고 수백 마리쯤 되는 것 같다.

놈들이 다가올 때마다 따가각, 따가각, 따가각 하고 뼈끼리 부딪치는 것 같은 소리가 나는데 소름끼쳤다.

"루시아, 놈들의 오른쪽 세 번째 갈비뼈를 노려."

"알겠습니다."

붉은 머리카락을 가진 여자가 소환됐다.

김경수는 그 여자를 쳐다봤다. 루시아였다.

루시아가 라이플을 꺼내 들었다.

'저게…… 빛의 성웅이 부리는 소환 영령.'

길잡이이면서 소환사.

듀얼 클래스를 가진 빛의 성웅을 직접 보게 되다니. 한번 보고 싶었다. 얼마나 강한지.

[스킬, 교감을 사용합니다.]

교감이 신희현과 루시아를 이었다.

[스킬, 인피니티 샷을 사용합니다.]

탕! 탕! 탕!

루시아가 쉴 새 없이 총탄을 퍼부었다.

이시찬이 침을 꿀꺽 삼켰다.

"어마어마하네요……."

저 정도 크기의 라이플이라면 반동도 어마어마할 텐데 발사하는 속도가 상상을 초월했다.

초당 5발 이상을 발사하는 것 같았다. 그 짧은 순간에 총성이 쉴 새 없이 터져 나왔으니까.

김경수는 하늘을 쳐다봤다.

"……."

그리고 깨달았다.

'한 치의 오차도 없이…… 갈비뼈를 공략하고 있다.'

저 정도 속도로 쏴대는데 빗나가는 게 없었다.

보아하니 3발에 한 마리 정도가 죽는 것 같았다.

'이 정도 속도라면…….'

몇 분 지나지도 않아서 이천을 쑥대밭으로 만들었던 스테이지 1의 해골 병사들이 사라졌다.

말 그대로 싹쓸이를 당했다.

김경수는 하늘 위의 또 다른 하늘을 본 것 같았다.

"……."

괜스레 주먹을 불끈 쥐었다. 뭔가, 자극을 받은 느낌이다. 빛의 성웅도 사람이다. 사람이면 쫓아갈 수 있다. 목표가 생긴 것 같은 기분이다.

알림이 들려왔다.

[축하합니다!]
[3번 몬스터 게이트, 스테이지 1이 클리어되었습니다.]
[각 플레이어의 공헌도에 따라 보상이 차등 지급됩니다.]

과거, 1번 게이트가 열렸을 때 신희현은 '스테이지 4'로 이동하는 방법이 있다고 했다. 당시 다른 플레이어들이 스테이지 2, 3을 클리어하기 원해서 일부러 그냥 뒀었다.

하지만 지금은 그럴 필요가 없다. 스테이지 4로 바로 이동하는 게 체력적으로도 훨씬 이득이 될 테니까.

하늘을 올려다봤다. 게이트는 아직 닫히지 않았다. 그 안쪽은 황금색으로 빛나고 있었다.

'오랜만이네.'

간만에 긴장했다. 루시아에게 명령을 내렸다.

'저 안쪽을 공격해, 바주카로.'

'알겠습니다.'

이시찬이 뭔가를 발견했다.

"대장님, 저 여자 무기를 바꾸는데요. 오 마이 갓."

저 체구로 어떻게 저런 걸 드나 싶다. 바주카포처럼 생겼는데 크기가 6미터쯤 됐다.

"저 여자한테 잘못 걸리면 뼈도 못 추리겠네요."

"……"

김경수는 아무 말도 하지 않았다. 하지만 이시찬은 발견했다.

"대장님, 지금 침 꿀꺽 삼키는 거 봤는데. 쫄았죠?"

"……그렇지 않다. 남자는 쫄지 않는다."

이시찬은 확신했다. 저 대장님, 지금 저 여자한테 쫄았다. 침 꿀꺽 넘기는 거 제대로 봤다.

신희현이 말했다.

"모두 귀 막으세요. 희아, 멀티 실드 펼쳐."

루시아가 발포했다.

쿠과광!

거대한 폭발음이 일었다. 몬스터 게이트에 루시아가 타격을 가한 거다.

쿠과광!

폭발음이 계속해서 일었다. 루시아가 서 있는 땅 뒤로 균열이 일었다. 충격파도 엄청났다.

그렇게 시간이 흘렀다.

[3번 몬스터 게이트가 비상 상태로 전환됩니다.]

[스테이지 4로 이동합니다.]

스테이지 2, 3을 생략했다.

세상이 붉게 물들었다. 보스 몬스터 존이 생성되었다는 뜻이다.

황금빛으로 빛나는 게이트 사이로 뭔가가 천천히 하강했다.

강유석이 눈을 작게 떴다.

"저건……."

신희현의 말이 정말이었다.

"정말로…… 사람의 형태."

완전히 사람과 똑같지는 않았지만 사람과 굉장히 비슷한 형태의 보스 몬스터였다.

크기는 약 2미터 정도 되어 보인다. 비율 좋은 배구 선수 같은 느낌이다. 가슴팍에는 태양을 형상화한 것 같은 검은색 문신이 새겨져 있었다. 남자처럼 생겼다. 다만 사타구니 사이가 밋밋했다.

"모두 선글라스 착용하시고."

[스테이지 4로 이동하였습니다.]

[보스 몬스터 존이 선포됩니다.]

다들 선글라스를 착용했다. 신희현도 마찬가지다.

[레벨이 제한됩니다.]
[레벨의 상한선이 설정됩니다.]

신희현은 놈의 레벨을 확인했다.
'초감각.'
레벨 디텍터와 연계한 초감각을 사용했다.

[레벨: 192]
[명칭: 라이토]
[클래스: 특수형 원거리 딜러]
[속성: 빛]
[특수 능력: 보스 존 진입 시 레벨 제한]

다양한 정보가 쏟아져 들어왔다.
신희현에게 있어서 '보스 존 진입 시 레벨 제한'은 가장 거슬리는 페널티다.
제아무리 레벨이 높더라도 이 능력을 가진 보스 몹을 상대할 때에는 레벨에 제한이 걸린다.
몬스터의 레벨이 200이라면 플레이어 역시 200까지의 힘밖에 끌어낼 수 없다. 그리고 같은 레벨을 가진 보스 몬스터와 플레이어와 싸우면 당연히 보스 몬스터가 이긴다.

솔로잉이 불가능하다는 소리다.

'그런데…….'

그다지 알고 싶지는 않지만 라이토의 나이라든가, 성장 과정 같은 것들까지도 알게 됐다.

거기서 또 새로운 정보를 얻었다.

'황금 골렘을 만든…… 리치들과 상극이라고?'

몬스터들 간에도 상극이 있는 것 같았다.

뭔가, 모르는 것들을 점점 더 알아가고 있는 것 같은 묘한 기분이 들었다.

그사이, 라이토가 점점 더 하강했다. 지상으로부터 약 10미터쯤 되는 지점에 둥둥 떠서 이쪽을 쳐다봤다.

라이토가 손가락을 들어 올렸다.

신희현이 재빠르게 명령을 내렸다.

"곧 공격합니다. 모두 눈 감으세요. 탱커 연계 시작합니다."

미리부터 준비하고 있던 김경수가 말했다.

"탱커 연계."

거기에 마틴이 합세했다. 순간, 빛이 번쩍했다. 신희아가 비명을 질렀다.

"으, 눈부셔!"

순간적으로 플레이어들의 눈을 멀게 만든다. 아무리 선글라스를 낀다 하더라도 막아내기는 역부족이다.

'마틴, 사자후.'

마틴 역시 눈이 멀었다. 보이지는 않지만 그 가운데 사자후를 내질렀다.

"이쪽이다, 이놈아!!!"

한 번에 어그로가 완벽하게 잡히지는 않았다.

"이 고추도 없는 고자새끼!!!"

이시찬은 황당했다. 저런 어그로를 끌다니. 저딴 게 먹힐까 싶었는데.

'잡혔다……?'

……어그로가 잡혔다.

그런데 더욱 황당한 건 그다음이었다. 신희현조차도 예상하지 못했던 상황이 발생했다.

11장
빨라지다

'눈이…… 부시지 않다?'

원래대로라면 눈이 잠깐 멀어야 한다. 선글라스를 끼고 눈을 감는다 하더라도 일정 시간 동안 시력을 잃는 게 정상이다.

그런데 이번에는 그런 게 없었다.

'왜?'

알림이 이어졌다.

'불굴의 의지 때문인가?'

그런데 불굴의 의지가 저항했다는 알림도 없었다. 그렇다면 남은 것은.

[빛 계열 공격을 확인합니다.]

[수호신의 의지가 플레이어를 보호합니다.]

전혀 눈이 부시지 않았다. 눈이 부시지 않은 정도가 아니라.

'너무 평온한데……?'

평온했다. 평소보다도 더 평온한 듯한 느낌이었다.

제 집에 들어온 것처럼.

'라이나 때문인가?'

그러고 보니 라이나는 '밝음의 여신'이다.

계열을 빛으로 생각해 본다면 빛과 관련된 공격에서는 거의 완벽에 가까운 내성을 가지고 있는 것 같았다.

확실한 건 아니지만 추론을 해보자면 '임페리얼 노블레스' 등급 이하의 '빛 계열 공격'에 있어서는 엄청난 저항력을 보유하고 있는 것 같았다.

'불굴의 의지가 저항할 필요조차 없을 정도로.'

하여튼 좋았다.

'지금이 기회다.'

신희현이 스킬명을 말했다.

"교감 커넥션."

그리고 윈더와 루시아를 소환했다.

신희현이 그들의 사령탑이다. 교감으로 이어져 있고 소환 영령을 신희현이 자유자재로 통제할 수 있다.

'태양 문양 한가운데.'

라이토는 맨 처음 등장할 때 빛을 뿌린다.

우스갯말로 '태양권'이라고 부르는 그것은 플레이어의 눈을 멀게 만든다.

그리고 그다음 검지를 내밀어 플레이어를 공격한다.

"어그로를 확실히 잡아야 합니다!"

마틴이 사자후를 통해 어그로를 잡았다. 현재 탱커들은 탱커 연계를 통해 연결된 상황.

신희현이 외쳤다.

"마틴의 심장부에 스토닝을 사용하세요!"

라이토가 검지를 내밀었다. 신희현이 씨익 웃었다.

'눈이 보이니까 굉장히 쉽네.'

생각보다 일이 쉽게 풀리고 있다.

마틴이 어그로를 확실히 잡아놓은 상태.

김경수가 스킬명을 외쳤다.

"스토닝!"

마틴의 심장부가 돌로 변했다. 더 정확히 말하자면 어떤 결정이 모여서 딱딱한 방어막을 만든 것 같았다.

스토닝은 국소 부위에 대한 방어력을 획기적으로 높여주는 김경수의 스킬이다.

지금은 성인 남자의 손바닥 정도 크기밖에 되지 않지만.

'저게 김경수를 탱커 계열 일인자로 만들어준 스킬이지.'

이후 시간이 지나면 온몸을 덮을 정도로 커지게 될 거다.

라이토의 검지가 빛나기 시작했다. 신희현이 소환 영령들과 교감을 이어갔다.

'놈이 빛을 발사한 이후에 태양 문양을 자세히 봐.'

라이토의 검지에서 일직선의 빛이 쏘아져 나왔다.

역시 공격 상대는 마틴.

신희현이 외쳤다.

"희아!"

그 말에 미리 대기하고 있던 신희아 역시 스킬을 구사했다.

"솔로잉 실드!"

신희아의 솔로잉 실드가 마틴을 덮고, 탱커 연계를 통한 연계진이 마틴에게 주어지는 대미지를 흡수한 다음, 김경수의 스토닝이 마틴의 심장을 보호할 거다.

레이저 광선 같은 것이 쏘아졌다. 마틴의 심장을 정확하게 노렸다.

'그리고 지금이 무방비 상태가 된다.'

채쟁!

신희아가 펼친 솔로잉 실드가 깨졌다.

거기에 더해.

구구구구궁!

탱커 연계가 흔들렸다.

"쿨럭!"

이시찬이 기침을 토해냈다. 김경수 역시 다리 한쪽이 풀려 주저앉았다.

'이 정도 대미지라니.'

거기에 더해.

콰과광!

마틴의 심장부를 덮은 결정체와 라이토가 뿜어낸 빛줄기가 부딪쳐서 폭발음을 일으켰다.

쾅!

여태껏 단 한 번도 무릎을 꿇은 적이 없는 마틴이 두어 걸음 물러서서 무릎을 꿇었다.

"큭!"

충격이 꽤 컸는지 쿨럭! 쿨럭! 하고 기침을 했다.

'첫 번째 공격. 제대로 막아냈어.'

과거에는 이 첫 번째 공격을 제대로 막아내지 못했다. 그래서 촉망받던 인재 중 한 명이었던 정현수가 죽었다. 정현수와 이어져 있던 탱커 7명이 그 자리에서 즉사했고 어그로를 제대로 끌지 못하여 수천 명의 사상자를 냈다.

일명 '태양권'을 발사하여 플레이어들의 시각을 차단한 뒤, 손가락으로 빛줄기를 뿜어내는, 단순한 공격 패턴을 가진 보스 몹.

그게 바로 라이토였다.

신희현이 신호를 보냈다.

"민영아!"

그 신호에 맞추어 강민영이 수인을 풀면서 외쳤다.

"불 지창!"

강민영은 현재 시각이 차단되어 있다. 라이토가 있을 거라 짐작되는 방향을 향해 불 지창을 발사했다.

그사이 윈더가 움직였다. 모든 상황이 신희현의 계산 아래 물 흐르듯 흘러갔다.

'윈더, 불 지창을 움직여.'

불과 바람이 만났다. 강민영의 불 지창이 더욱 거세게 타오르며 궤도를 바꾸었다.

'태양 문양의 한가운데, 지금 시꺼멓게 비어 있는 저곳.'

'알겠습니다.'

그곳을 향해 강민영의 불 지창이 쏘아졌다. 윈더가 그것을 도왔다.

'루시아, 준비해.'

그리고 루시아가 소총을 준비했다.

'시간은 약 7초.'

'네, 오빠.'

윈더와 연계를 이룬 불 지창이 라이토의 가슴 한가운데의 태양 문양을 향해 쏘아졌다.

그와 거의 동시에.

탕! 탕! 탕! 탕!

루시아가 발포했다.

[콤보에 성공하였습니다.]

공격하는 개체는 전부 다르지만 그 것을 하나로 통솔하는 사람이 신희현이다.

[6콤보]

[7콤보]

[8콤보]

신희현과 교감을 이루고 있는 루시아가 3초도 안 되는 시간에 8콤보를 일으켰고.

쏴아아아-!

쿠구궁!

윈더의 도움을 받은 강민영의 불 지창이 10콤보를 달성했다.

[크리티컬 샷이 발동합니다.]

콤보를 이루면 이룰수록 크리티컬 샷의 확률이 높아진다.

놈의 약점을 공략한 데다가 10콤보에 크리티컬 샷이 터졌다. 그것도 파괴력이 강한 불 지창으로 말이다.

김경수가 눈을 떴다.

'무슨 일이 일어나고 있는 거지?'

시각은 차단되어 있었으나 상황이 어떻게 돌아가는지는 대충 눈치챘다.

'적어도 10콤보는 한 것 같다.'

라이토가 가슴팍을 부여잡고 땅으로 떨어져 내리고 있었다.

'그 짧은 시간에?'

정확하게는 모르겠지만 대충 5초 정도밖에 안 되는 시간이다. 그 시간 동안 어쩌면 크리티컬 샷을 뽑아냈을 수도 있겠다는 생각이 들었다.

보스 몬스터가 저렇게 힘없이 떨어지고 있는 모양새라니.

신희현이 물었다.

"강철이, 시력 돌아왔어?"

"오케이!"

시력을 회복한 신강철이 마틴을 비롯한 탱커진에게 힐을 쏟아냈다.

"힐!"

이시찬은 찔끔 놀랐다.

'엄청난 회복력이다.'

아무래도 빛의 성웅 팀은 역시 괴물 팀이 맞는 듯했다.

생각했던 것보다 체력 회복 속도가 너무나 빨랐다.

'잡을 수 있겠어.'

겨우 7명에 불과하지만 도시를 쑥대밭으로 만든 게이트의 보스 몬스터를 잡을 수 있겠다는 확신이 들었다.

마틴이 우렁차게 외쳤다.

"형님! 저도 시력 돌아왔어요!"

그리고는 굳이 사자후로 라이토를 자극했다.

"이 사내답지 못한 고자 놈아! 고추가 없으니까 그런 꼴을 당하는 거다!"

신희현은 마틴을 잠시 역소환했다. 윈더도 돌려보냈다.

놈이 지금 정신을 못 차리고 있기는 하지만 그래도 보스 몬스터다. 특수 능력 때문에 레벨 역시 같다. 동레벨의 '보스' 몬스터는 일반 몬스터와는 다르다. 겨우 이 정도로 끝나지는 않는다.

'라비트.'

라비트가 레이피어를 들고 내달렸다. 시간이 많지 않았다. 놈이 곧 정신을 차린다.

"일격필살!"

라비트가 라이토의 가슴팍을 향해 레이피어를 꽂아 넣었다.

"나와 이름이 비슷하다니! 넌 내게 모욕을 줬다!"

알림이 들려왔다. 크리티컬 샷이란다. 아무래도 라비트는 자신과 라이토가 이름이 비슷하다는 사실이 굉장히 수치스러운 것 같았다.

라이토가 정신을 차렸다.

시간이 흘렀다. 라이토의 공격 패턴은 단순했다.

공략법만 제대로 알고 있고 크리티컬 샷과 콤보를 적절히 활용하면서 놈의 필살기라 할 수 있는 빛줄기만 제대로 막아 낼 수 있다면―사실 이게 불가능에 가깝지만― 레이드가 불가능한 보스 몹은 아니었다.

[3번 게이트 클리어를 완료했습니다.]

[클리어 등급을 산정합니다.]

그리고 김경수는 고개를 떨구었다.

"이게…… 소문으로만 듣던 노블레스 등급 클리어군요."

이 세상에는 노블레스 등급 클리어라는 게 존재한다고 했다. 그걸 실제로 경험하게 되다니.

"아무것도 하지 않았는데 이런 과분한 보상을······."

실제로 헤라클레스 팀은 감탄했다. 이시찬이 촐싹거렸다.

"노블레스 등급 클리어하면 내가 원하는 아이템을 막 그냥 퍼주나 봐요?"

약간 과장되기는 했다. 원하는 아이템을 마구 퍼주지는 않는다. 신희현이 피식 웃었다.

"아닙니다. 여러분의 도움이 없었다면 저도 이렇게 쉽게 클리어할 수 있을 수는 없었을 겁니다."

그 말은 거짓이 아니었다. 라이토를 잡는 데에는 탱커들의 역할이 굉장히 중요했다.

그리고 이 탱커들이 아니었다면, 그리고 김경수의 스토닝이 아니었다면 라이토의 공격을 제대로 막아내지 못했을 거다.

어그로를 잡고 있던 탱커가 죽으면 그다음부터는 상황이 굉장히 악화된다. 검지가 아닌 열 손가락을 사용하여 열 다발의 광선을 쏘아내는데, 일반 플레이어은 거의 대부분 즉사한다.

한 번 공격에 10명씩 죽어난다. 게다가 그 공격은 딜레이도 별로 없다.

탱커가 멀쩡하기 때문에 놈이 계속 '태양권'을 사용했고 덕분에 약점이 열렸다.

신희현은 김경수가 얻은 방패에 대해 관심을 가졌다.

'레펠토의 방패라.'

신의 장난인 건가. 아니면 원래 아이템에는 주인이 정해져 있는 건가. 우연치고는 굉장히 묘한 것 같다는 기분이 들었다.

'원래 네 아이템이었는데.'

물론 시기를 앞당겨서 획득하기는 했지만 원래 레펠토의 방패는 김경수의 아이템이었다. 이번에 노블레스 등급 클리어 보상으로 레펠토의 방패를 받았다.

'과거보다 훨씬 더 빠르게 성장하겠지.'

김경수가 이끄는 헤라클레스는 이후, 분명 커다란 도움이 될 거다.

아탄티아 던전에서도, 그리고 최후의 던전에서도.

탱커를 이끄는 중추로 성장하게 될 거다.

'우연치고는 묘하긴 하네.'

이시찬이 얻은 아이템은 '파사투'라는 장갑 형태의 아이템.

얼핏 보기엔 별것 아닌 것 같아도 착용자에게 가해지는 물리 공격을 10퍼센트 확률로 완벽 방어해 내는 특수 스킬이 담겨져 있는 장갑이다.

'저것 역시 원래 이시찬의 아이템이었지.'

김경수가 레펠토의 방패.

이시찬이 파사투.

과거에 가지고 있던 아이템이 원래의 주인에게 들어갔다. 과거보다 훨씬 더 빠른 시기에.

신희현은 자신의 보상을 확인해 봤다.

'이제 내게 필요한 건…….'

최후의 던전을 위해 완벽한 준비를 갖추려면 아직 부족했다. 몇 가지 아이템이 머릿속을 스치고 지나갔다.

'그중에 하나만 나와라.'

노블레스 등급 클리어라고 해서 언제나 원하는 걸 뚝딱뚝딱 만들어주지는 않는다.

[보상이 확정되었습니다.]

[보상이 플레이어의 인벤토리에 귀속됩니다.]

['헬카르토'가 주어집니다.]

신희현이 씨익 웃었다.

'좋다!'

좋았다. 안 그래도 원하던 것이었다. 앞으로의 상황에 대비해서 굉장히 원하던 것이었다.

'드디어 나왔네.'

인벤토리를 확인했다. 그 헬카르토가 맞았다.

〈헬카르토〉

링 강화석.

(1) 반지 계열의 아이템에 특수 옵션 부여

이미 신희현은 이 헬카르토를 어디에 사용할지 결정해 놓은 상태였다.

민영이 배시시 웃었다.

"오빠, 기분 좋아 보여."

"응."

민영과 얘기를 나눠본 결과, 신희현은 웃을 수밖에 없었다. 상황이 너무나 좋게 흘러갔다.

민영에게는 그녀에게 대단히 필요한 아이템, 그리고 이후에 있을 상황에 매우 유용한 아이템이 보상으로 주어졌다.

신희현이 말했다.

"부창부수야? 나 따라오네?"

"……."

그리고 신희아가 발견했다.

"저 언니! 얼굴 빨개졌어!"

부창부수.

뜻이야 어찌 됐든 '남편'과 '아내'라는 단어가 들어간다.

"저 언니! 엄청 기뻐하고 있다고!"

"아, 아냐. 아, 아이템 얻은 게 좋아서……."

강민영이 손을 내저었지만 신희아는 확신했다. 아이템을 얻어서 기뻐하는 게 아니고 부창부수란 말에 엄청 기뻐하고 있다.

확신이었다. 그래서 뭔가 서러웠다. 이래서 연애를 해야 되나 싶다.

신강철이 물었다.

"그래서 민영 누나 뭘 얻었는데 부창부수래?"

민영의 얼굴이 조금 빨개졌다.

'부창부수…….'

그리고 그녀 스스로도 느꼈다. 얼굴이 화끈거렸다.

'나도 참, 별것도 아닌데.'

별거 아니라면 별거 아닌데 왜 그 말에 갑자기 이렇게 쿵 쾅거릴까.

마치 사춘기 시절의 앳된 소녀로 돌아간 것 같은 그런 기분이 들었다. 그런데 이 기분이 그렇게 나쁘지만은 않았다.

신희현이 피식 웃었다. 그의 눈으로 보이는 강민영은 이 세상 누구보다도 예뻤다.

볼이 조금 붉어진 것도 너무나 귀여웠다.

사랑스러워 미치겠네.

신희현은 그 말은 일단 삼켜놓고선 강민영의 아이템을 한

번 살펴봤다.

강민영에게 '칼리스의 반지'가 귀속됐다.

현재 신희현이 가지고 있는 반지는 두 개.

하나는 룰 브레이커고 다른 하나는 칼리아의 반지다.

'역시, 칼리스의 반지가 맞아.'

회귀 전, 신희현은 현재 그가 소지하고 있는 '칼리아의 반지'에 대해서 잘 몰랐다.

하지만 '칼리스의 반지'에 대해서는 알았다. 굉장히 유명한 아이템이었다.

'미치광이 학살자', 줄여서 미광이라고 불리던 마법사가 하나 있었다. 이름은 변도현. 미치광이 학살자였던 변도현은 중구난방으로 들쑤시고 다니다가 폭군 강유석에게 죽임을 당했다. 그리고 그때 아이템을 하나 드랍했었다.

'그게 칼리스의 반지였지.'

칼리아의 반지와 비슷한 이름이다. 효과도 비슷했다.

신희현의 칼리아의 반지는.

〈칼리아의 반지〉

(1) 모든 소환수의 소환 시간 300퍼센트 증가

(2) 대미지 환산. 대미지를 소환 시간으로 변경시켜 적용(환산율: 30퍼센트)

였다.

강민영의 칼리스의 반지는.

〈칼리스의 반지〉

(1) 모든 마법의 쿨타임 30퍼센트 감소

(2) 대미지 환산. 대미지를 마력으로 변경시켜 흡수(환산율: 30퍼센트)

와 같은 옵션을 가지고 있었다.

'미치광이 학살자' 변도현, 그리고 '폭군' 강유석.

그 둘이 소유했었던 반지.

'좋았어.'

정말 좋았다. 대규모 마법을 구사하는, 특히나 대미지가 강한 화염계 마법사인 강민영에게는 굉장히 유용한 아이템이었다. 몰이사냥 시, 무한 마법 난사를 할 수 있도록 만들어 줄 테니까.

'다른 게이트와 레밋 던전이 오픈될 시기가 다가온다.'

과거에는 7개의 몬스터 게이트가 있었다. 앞으로 몬스터 게이트가 더 오픈될 거다.

'칼리아의 반지와 칼리스의 반지라니. 몬스터 게이트, 그리고 레밋 던전에서 톡톡히 효과를 보겠어.'

과거와는 달라졌다. 앞으로 얼마나 달라질지는 모르겠지만 다른 게이트의 오픈이 더욱 빨라질 거라는 예상은 거의 확신에 가까웠다.

'상황이 재미있게 흘러가네.'

너무 딱딱 맞게 떨어지니 이상할 정도다.

인류가 최후의 던전을 클리어할 때까지 없애지 못했던 3개의 게이트. 그곳을 어쩌면 클리어할 수 있겠다는 생각이 들었다.

'어디 뭐가 얼마나 변하는지 보자고.'

뭐가 어떻게 되든 상관없다. 그의 목표는 가족과 애인을 살리고 'HAN'을 얻는 거다. 모로 가도 서울만 가면 된다.

그렇게 생각했는데…… 고구려로부터 연락이 왔다.

─……그렇게 됐습니다.

뭔가 상황이 심상치 않게 흘러갔다. 과거와는 너무나 다른 형태로.

현재 서울 상공에는 몬스터 게이트가 하나 오픈되어 있다. 2번 게이트다.

'원래대로라면…….'

2번 게이트가 클리어되고 나서 한참 후에나 4, 5번 게이트가 열린다. 적어도 세 달의 여유는 있었다. 분명히 그랬는데.

"4번과 5번 게이트가 한꺼번에 열리다니."

아직 2번 게이트조차도 클리어하지 않았는데.

그것도 4번 게이트와 5번 게이트가 같은 곳에 오픈이 되었다고 했다.

그 위치는 제주도.

최용민이 어두운 낯빛으로 말했다.

"지옥을 방불케 한다고 합니다."

따지고 보면 제주도는 그렇게 큰 섬은 아니다. 몬스터 게이트 두 개를 한꺼번에 소화할 만큼의 면적은 못 된다는 소리다.

군인들은 일찌감치 제주도를 포기하고 내륙으로 들어왔다.

운 좋게 배 혹은 비행기를 탄 사람들은 바다를 건너 도망쳤지만 그런 사람은 소수였다.

"그렇겠죠."

아마도 처절한 사투가 벌어지고 있을 거다. 플레이어가 아닌 일반인들조차도 살기 위해서 몬스터들과 싸우려 들 거다. 아니면 식량이라도 구하려 발악을 하고 있을 거다.

그런데 이 상황, 그렇게 낯선 상황은 아니었다.

'이 상황은……'

대격변 초기, 인류에게 새로운 문명이 찾아오기 전.

그때는 거의 지옥이었었다. 갑자기 나타난 몬스터들 때문에 인류는 힘을 쓰지 못했고 덕분에 엄청나게 많은 사람이 죽었다.

'마치 대격변 초기 때와 비슷해.'

지금과는 완전히 달랐었다. 지금은 신희현 덕분에 피해가 거의 없었다. 과거와 비교한다면 피해가 없다고 해도 과언이 아닐 정도로 적은 피해만 입었다.

'원래 몬스터 게이트는 제주도에 열리는 게 아닐 텐데.'

머릿속이 조금 복잡해졌다. 과거와는 완전히 다른 뭔가가 처음으로 나타났다.

신희현이 잠시 눈을 감았다.

"제주도라……."

마침 헬카르토를 얻었다. 강민영은 칼리스의 반지를 얻었다. 4, 5번 게이트를 클리어하기에 최적화된 도구를 얻었다고 볼 수 있다.

"저희가 이동하겠습니다."

4번 게이트와 5번 게이트가 동시에 열릴 줄은 몰랐지만.

'차라리 잘됐어.'

차라리 잘됐다. 6, 7번 게이트면 모를까 4, 5번 게이트는 신희현에게 매우 좋은 곳이기도 했다. 그중에서도 5번 게이트는 신희현이 반드시 클리어해야만 하는 곳이기도 했고.

'뭔가가 달라졌는지 두 눈으로 확인해 봐야겠어.'

신희현이 말했다.

"이동 편을 마련해 주실 수 있습니까?"

신희현은 헬카르토를 꺼내 들었다. 이미 생각해 뒀던 아이템이다. 고민은 거의 하지 않았다.

[헬카르토를 사용하시겠습니까?]

[선택된 아이템은 '칼리아의 반지'입니다.]

['칼리아의 반지'에 헬카르토를 적용하시겠습니까?]

신희현은 이번에 얻게 된 강화석 헬카르토를 칼리아의 반지에 적용시켰다.

〈칼리아의 반지〉

(1) 모든 소환수의 소환 시간 300퍼센트 증가

(2) 대미지 환산. 대미지를 소환 시간으로 변경시켜 적용(환산율: 30퍼센트)

(3) 추가 옵션: 대미지를 체력으로 변경시켜 흡수(환산율: 30퍼센트)

거의 예상했던 대로다. 노블레스 등급 클리어로 얻은 헬카르토다. 칼리아의 반지의 잠재 능력을 원했던 만큼 끌어내줬다.

추가 옵션으로 체력 흡수가 붙었다.

'체력 흡수다……!'

체력은 수많은 요소를 포괄하는 개념이다. 이건 과학적으로 명확하게 정의가 어렵다. 플레이어 본인만이 정확하게 느낀다.

예를 들어 신희현이 정령왕 칸드를 소환했을 때 그는 본능적으로 느낀다. 내가 얼마만큼 칸드 소환을 유지할 수 있을지, 또 어떤 능력까지 끌어낼 수 있을지. 강민영의 경우는 어떤 마법을 어느 정도 사용할 수 있는지 본인은 느낄 수 있다.

눈에 보이지 않는 H/P 혹은 M/P가 있는 것과 비슷한 개념이다.

곧 '체력'은 모든 전투의 기본이 된다.

체력을 회복시킨다 함은 흔히들 말하는 마력이 회복이 되고 스태미나가 회복이 된다.

다시 말해, 체력이 적절하게 회복되면 지치지 않는다는 소리다.

신희아가 물었다.

"체력 흡수가 좋은 거야?"

"엉."

모든 옵션 중에서도 가장 비싸게 거래되는 게 바로 체력 흡수 아이템이다.

특히나 근거리 전투 계열의 플레이어들에게는 또 다른 목숨이라고까지 불릴 정도니까.

"보통은 3퍼센트에서 5퍼센트 내외거든."

그런데 신희현이 가진 건 무려 30퍼센트다. 이런 아이템은 노블레스 등급 클리어가 없으면 얻기가 불가능한 아이템이다. (애초에 노블레스 등급 클리어 자체가 불가능에 가까운 클리어지만.)

"일단은…… 제주도로 이동할 거야."

고구려에서 이동 편은 마련해 주기로 했다.

"지옥이 되어 있을 테니까. 다들 마음 단단히 먹고."

단순히 몬스터와의 전쟁을 치르는 게 아니다.

대격변 초기, 밖으로 나가기를 거부한 많은 이가 인육을 먹고 구정물을 마시며 연명했었다.

팀이 꾸려졌다.

헬기 안.

"루시아, 대기해."

4번 게이트에선 '콜셋'이 나타난다. 이놈들은 비행 몬스터다. 크기는 약 3미터. 익룡과 비슷하다 하여 플레이어들 사이에서는 '익룡'이라고 불리기도 한다.

레벨은 160대. 날아다니는 것에 대해 굉장히 민감하게 반응하는 특징을 가지고 있다.

신희현이 말했다.

"운 좋으면 바로 착륙할 수 있을 거고, 운 나쁘면 콜셋과 싸울 겁니다."

그의 눈이 김경수를 향했다.

김경수가 이끄는 헤라클레스가 이곳에 함께했다. 인원은 김경수를 포함하면 총 3명.

신희현은 또 한곳을 쳐다봤다.

'그리고……'

정말이지. 뭐가 이렇게 재미있는 일이 자꾸 벌어지는지 모르겠다.

강민영이 이번에 얻었던 '칼리스의 반지'의 원래 주인이었던 미치광이 학살자 변도현이 보였다.

'변도현이 이 자리에.'

과연 그 실력이 과거와 같을까 생각해 봤다. 알 수 없었다.

강민영이나 강유석을 보면 확실히 느낀다. 이 플레이라는 것에 있어서 재능이 굉장히 중요한 부분을 차지하고 있다는 것을.

'헤라클레스, 미치광이 학살자.'

거기에 더해.

'불의 법관, 폭군.'

원래대로라면 단 한 번도 함께 뭉친 적이 없었던 조합이다.

이 조합만이면 그래도 수긍이라도 할 텐데.

'마녀 강하나까지.'

변도현과 원수지간이라고 알려져 있었던 강하나까지 한자리에 했다.

강하나의 클래스는 변도현과 마찬가지로 마법사. 변도현과 강하나 둘 모두 '얼음' 속성의 마법을 사용한다.

인사를 나눴다.

'이것도 인연이라면 인연인가.'

과거와 완전히 똑같이 흘러가지는 않고 있다.

함께할 수 없었던 그룹이 여기 같이 모여 있고 4번과 5번 게이트가 생뚱맞게 제주도에 열렸다.

앞으로 그가 기억하고 있는 과거와는 점점 더 달라질 수도 있다.

'하지만…….'

하지만 한 가지 변하지 않는 건 있었다.

가까이에는 강민영과 강유석, 둘 모두 엄청난 실력을 갖게 됐다. 아무리 자신의 도움이 있었다지만 그 성장 속도는 타의 추종을 불허할 정도.

거기에 김경수를 비롯한 헤라클레스와 변도현, 강하나까지 모습을 드러냈다.

'결국 나타날 놈들은 나타나게 되어 있는 거야.'

다시 말해, 실력을 갖춘 놈들은 어떻게 해서든 실력을 갖추고 나타나게 될 거다.

그리고 결국 이후 이어지는 레밋 던전에서도 신희현 자신이 생각하고 있는 그 플레이어들이 나올 거고.

'그리고 다른 게이트와 던전 브레이크를 거쳐서……'

아탄티아 던전과 라그나로크 던전, 그리고 헬리오스 던전을 거친 뒤, 결국에는 최후의 던전까지 이어지게 될 거다.

'그 커다란 줄기는 변하지 않아.'

4번과 5번 게이트에 대해서 설명하는 사이 교감을 통해 루시아의 교신이 전해졌다.

'놈들이 나타났습니다.'

'사격해.'

그리고 윈더를 소환했다.

'루시아와 연계해서 놈들을 땅으로 떨어뜨려. 날개를 노린다. 지금은 체력을 아낀다.'

지금 당장 대규모 전투를 할 필요는 없다. 더 효율적인 방법이 있는데 먼 길로 돌아갈 필요 없지 않은가.

신희현이 대략적인 설명을 마치자 변도현이 킥킥 웃었다.

"그것 참 재미있겠네요."

강하나가 인상을 찡그렸다.

"재미있다뇨? 상상만 해도 끔찍한데. 난 빨리 한탕 하고 집으로 돌아가고 싶어요."

변도현과 강하나의 실력이라면 분명히 커다란 도움이 될 거다.

"변도현 씨와 강하나 씨는 놈들이 나타날 때까지 전투에 참여하지 않습니다."

"오케이요. 이해했습니다."

"네."

제주도에 도착했다. 강하나가 질렸다는 듯 고개를 절레절레 저었다.

"멀쩡한 건물은 찾아보기 어렵네요."

완전히 폐허가 되어 있었다. 관광객으로 북적거렸던 곳이 맞나 싶을 정도였다.

사람도 없었다. 분명 어딘가에 다들 숨어 있을 거다. 전기도 없고 수도도 없는 이곳에 말이다.

마침 4번 게이트가 열리는 중이었다. 타이밍이 절묘했다.

그때, 신희현이 원더를 소환했다.

"원더."

신희현이 교감을 통해 명령을 내렸다. 처음 듣는 명령에
원더는 아주 잠깐 고개를 갸웃했다.

'진심…… 이십니까?'

'그래, 진심이야.'

원더가 고개를 끄덕였다.

'……알겠습니다.'

그러고서 명령을 이행하기 시작했다.

'명령을 이행합니다.'

12장
파이라와 카일

헤라클레스의 리더 김경수는 주먹을 불끈 쥐었다.

뭐랄까, 사명감 같은 것이 타오르는 기분이었다.

'제주도라……'

그는 아주 어린 시절을 제주도에서 보낸 적이 있다. 하지만 기억 속의 제주도는 여기 없었다.

'우리가…… 이곳을 지켜내는 건가.'

더 정확하게 말하자면 저 남자, 빛의 성웅이 주축이 되어 진행하겠지만 어쨌든 감회가 새로웠다.

헤라클레스의 일원인 이시찬이 촐랑거렸다.

"도현 형님이랑 하나 누님, 엄청 놀랄 겁니다."

헬기를 타고 이동하는 와중에 통성명을 한 뒤, 이시찬은 붙임성 좋게 변도현과 강하나를 형님, 누님으로 불렀다.

변도현과 강하나, 둘 모두 이시찬을 좋게 본 듯했다. 강하나가 입으로 손을 가리고 웃었다.

"나도 기대하고 있어."

빛의 성웅.

소문으로만 들었지 실제로 이렇게 보게 될 줄은 몰랐다.

'원래 클래스는 길잡이라고 들었는데.'

길잡이임과 동시에 소환사.

'광역기를 먼저 펼친다고 했었지.'

하지만 광역기는 마법사들의 특기다.

다른 건 빛의 성웅에게 전부 밀리겠지만 적어도 광역 마법에 있어서는 결코 지지 않을 자신이 있었다.

그건 변도현 역시 비슷했다.

변도현이 말했다.

"빛의 성웅께서 어떤 스킬을 사용할지 벌써부터 가슴이 두근두근거리네요."

솔직한 말로 신희현을 아래로 봤다. 정확히 말하면 '광역기'에 있어서만큼은 자신이 한 수 위라고 생각했다.

헬기 안에서도 말했다. 체력 비축을 위해서 일단 먼저 나서겠다고. 변도현과 강하나는 나중에, '그놈'들이 나타나면 힘을 쏟으라고 했었다.

'그놈'을 본 적은 없지만 하여튼 첫 번째로 나타나는 놈들보다는 강할 거라고 생각했다.

'그래도 명색이 빛의 성웅이니까.'

소환사 혹은 길잡이치고는 대단한 능력을 보여주지 않을까 싶었다.

헤라클레스의 리더 김경수는 변도현과 강하나를 힐끗 쳐다봤다. 저들이 무슨 생각을 하고 있는지 대충은 알 것 같은 기분이 들었다.

'나도 처음엔 그랬지.'

마틴을 보기 전까지는, 적어도 탱커의 능력만 놓고 보면 자신이 빛의 성웅보다 한 수 위일 줄 알았다.

'보면 알게 될 거야.'

보기 전까지는 모를 거다. 저 소환사는 사기 캐릭터라는 걸.

게이트가 열렸다. 신희현이 윈더에게 명령을 내렸고 알림음이 들려왔다.

[스킬, 바람 해일을 사용합니다.]

각 속성의 정령들 중 그 속성의 이름을 딴 스킬은 대부분 정령왕급이 사용한다. 예를 들어 '바람 창'처럼 스킬명에 '바람'이 들어가는 공격은 바람의 정령왕이 보통 사용하는 스킬이다.

원더가 사용하는 스킬들 중 '바람' 글자가 들어가는 건 단 두 가지뿐이다. 하나는 '바람 해일'이고, 또 하나는 칸드와 마찬가지로 '바람 창'이다.

물론 칸드의 바람 창은 칸드의 하급 스킬이고 원더의 바람 창은 원더의 최상급 스킬이긴 하지만.

하여튼 '바람 해일'과 '바람 창'은 원더가 구사할 수 있는 기술들 중 가장 큰 기술이다.

바람 해일은 광역기이고 바람 창은 하나의 타깃을 공격하는 단일 공격이다.

쏴아아아─!

파란색에 가까운 바람이 일기 시작했다. 그것은 마치 높이 수십 미터의 해일처럼 보였다.

어찌 보면 파란 바람의 장막 같기도 한 그것이 게이트 안에서 쏟아져 내리고 있는 몬스터들을 덮쳐 갔다.

신희아가 눈을 크게 떴다.

"세상에……."

신희현의 능력 때문에 놀란 게 아니다. 게이트 안에서.

"저, 저게 무슨 개떼야? 아, 아니 곰 떼인가?"

신희현에게 말로만 들었지. 실제로 보니 숫자가 말도 안 된다.

게이트 안에서 몬스터가 떨어져 내리는 걸 본 적은 많지만 저 정도의 숫자가 나오는 건 본 적이 없다.

멀리서 보면 시꺼먼 개미 떼 같았다.

"저게…… 베어스릴이구나……."

크기는 약 4미터.

전체적인 실루엣은 곰이 사람처럼 일어선 형상과 닮았다.

검은색의 피부를 가지고 있으며 곰과는 달리 피부에 털이 없었다.

매끈한 가죽을 가지고 있는데 근육이 굉장히 발달해 있었으며 오른손에는 쇠붙이라 짐작되는 창을 하나 들고 있었다.

생김새야 어찌 됐든.

"저게 도대체 몇 마리야……."

끝없이 쏟아져 나오는 것 같은 기분이 들었다.

저 베어스릴을 물방울에 비유한다면 수압이 굉장히 센 수도꼭지를 틀어놓은 것 같았다. 마치 베어스릴로 이루어진 물줄기가 쏟아져 내리는 느낌이다.

그리고 그 물줄기를 윈더가 만들어낸 파란 바람의 해일이 덮쳤다.

강하나는 눈에 힘을 줬다.

'저 정도의 숫자라니…….'

그 숫자를 향해 저렇게 큰 마법을 썼다. 반경이 대충 봐도 30미터는 넘는 것 같았다. 이 정도의 대단위 마법이라면 마법사도 힘들다.

'그래서 체력을 비축한다고 했구나.'

아까의 말이 이해가 됐다. 이 정도 대단위 마법을 사용하면 탈진하는 건 당연한 일일 테니까.

'그래도 처음부터 이렇게 큰 걸 써도 되는 건가?'

보통은 딜러들이 먼저 몬스터들을 공격한 뒤, 마무리 한 방으로 커다란 마법을 날리는 게 사냥에 유리하지 않은가.

신희현에게 알림음이 들려왔다.

[체력을 흡수합니다.]

[체력을 흡수합니다.]

[체력을 흡수합니다.]

[체력을 흡수합니다.]

마법은 한 번 사용했는데 얻어맞는 베어스릴은 한두 마리가 아니었다.

신희현은 피식 웃었다.

헬카르토로 강화된 칼리아의 반지는 역시 사기였다.

이렇게 대단위 사냥을 할 때에는 굉장한 효과를 발휘한다.

마법 한 번으로 수백 마리를 때린다. 그러면 그 모든 대미지가 체력으로 환산되어 흡수된다.

'능력을 완전히 확인했어.'

저 정도의 숫자가 있으면 대단위 마법을 사용해도 괜찮다. 칸드의 마법처럼 한꺼번에 체력을 소진시켜 버리는 것만 아니라면.

'무리가 되지 않아.'

게다가 놈들의 레벨은 약 180 정도.

신희현에게 비할 바가 아니다. 강하나는 믿을 수 없다는 듯 눈을 비볐다.

"세상에……."

화장실 청소를 할 때, 바닥에 있는 모래에 물을 뿌리면 모래는 순식간에 쓸려 나간다. 바닥이 타일이라면 순식간에 타일의 색깔이 보인다.

거의 그것과 비슷했다. 바람 해일에 닿는 순간, 몬스터들이 죽었다. 아니, 죽는 게 아니라 녹는 것에 가까웠다.

변도현 역시 놀랐다. 파괴력도 파괴력이거니와.

'전혀 지치지 않은 것 같다.'

신희현의 모습을 봤는데.

'웃었다……?'

심지어 씨익 웃기까지 했다.

아무리 마법사들이라고 해도 저렇게 거대한 마법을 사용하고 나면 지치게 마련이다.

'전혀 지치지 않았다고?'

그들의 표정을 본 김경수는 고개를 끄덕였다.

저들이 왜 저런 표정을 짓고 있는지 안다.

대놓고 놀라움을 표시하고 있는 강하나, 그리고 놀랍지 않은 척하고 있지만 놀랐을 것이 분명한 변도현.

저 둘의 마음, 잘 알 것 같았다.

'원래 그런 겁니다.'

신희현은 라비트도 소환했다.

'라비트, 땅에 떨어져 내리는 놈들을 쓸어버려.'

윈더가 체력과 마력을 계속해서 공급해 주고 있다. 체력이 소모되는 것보다 차오르는 게 훨씬 빨랐다.

대단위 마법을 구사하면서 딜러를 함께 운용하는 것이 전혀 어렵지 않았다.

거기에 더해.

"불 폭풍!"

수인 맺기를 끝낸 강민영이 대단위 마법을 함께 구사했다.

'윈더.'

'알겠습니다.'

교감으로 이루어진 바람의 정령이 강민영이 일궈낸 불 폭풍을 더욱 뜨겁게 불타오르게 만들었다.

정령왕 칸드의 '에이드 커튼'과 비슷한 능력이다.

기본적으로 바람의 정령들은 화염계 마법을 증폭시키는 속성을 가지고 있다.

불 폭풍이 더욱 뜨겁게 불타올랐다. 파란색으로 이루어진 해일 속에 시뻘건 불길이 타오르는 것 같았다.

그렇게 몇 분이 흘렀다.

"일격필살!"

라비트가 마지막 남은 베어스릴을 향해 레이피어를 내질렀고.

[스테이지 1이 클리어되었습니다.]

신희현이 루시아를 소환했다. 3번 게이트를 클리어할 때와 마찬가지로 게이트를 공격했다. 스테이지 4로 바로 이동하기 위해서다.

변도현이 어깨를 빙글빙글 돌리며 말했다.

"그럼 이제 우리가 나설 차례입니까?"

이상한 현상이 일어났다. 제주도에 몬스터 게이트가 두 개 열렸다. 그것도 한곳에 한꺼번에 말이다.

방금 신희현이 한 게이트의 스테이지 1을 클리어했다.

그리고 스테이지 4로 바로 넘어가려고 하는 중이다.

그때, 다른 게이트가 열렸다.

강하나와 변도현이 동시에 스킬명을 외쳤다.

"프리징 필드!"

"프리징 필드!"

거기에 알림음이 들려왔다.

[스테이지 4로 이동합니다.]

두 개의 게이트가 동시에 열려있는 상황.

하나는 스테이지 4, 하나는 스테이지 1.

신희현에게 알림이 들려왔다.

[스테이지 4로 이동하였습니다.]

[보스 몬스터 존이 선포됩니다.]

[레벨이 제한됩니다.]

[레벨의 상한선이 설정됩니다.]

신희현이 피식 웃었다.

'역시나.'

라이토 이후로 보스 몬스터 존이 성립되면 대부분 레벨 제한이 걸린다. 한도 레벨 내에서 싸워야 한다.

강민영이 물었다.

"오빠, 진짜 괜찮겠어?"

"어, 괜찮아. 그러니까 5번 게이트에 집중해. 스테이지 1만 클리어하면 돼."

라이토는 혼자서 클리어하기 어려운 보스 몹이다. 단일 개체이며 라이토에게 모든 능력치가 집중되어 있기 때문이다. 같은 레벨의 보스 몬스터는 혼자서 못 잡는 게 정상이다.

그땐 그랬다.

'하지만 이번에는 조금 다를 거다.'

한편, 5번 몬스터 게이트에서도 몬스터가 내려오기 시작했다. 불덩어리들이었다.

베어스릴처럼 대단위 군집은 아니었다. 멀리서 보면 커다란 횃불들이 떨어져 내리는 것 같았다.

김경수가 외쳤다.

"탱커 연계!"

탱커 연계를 펼쳤다.

이시찬이.

"파워 엑시디온!"

불덩어리들을 향해 자신만의 광역 스킬을 펼쳤다.

대미지 자체는 강하지 않다. 이시찬의 팔목에서 마치 레이저포 같은 빛줄기 몇 다발이 불덩어리들을 향해 날아갔다.

파워 엑시디온에 적중된 불덩어리들이 크게 활활 타올랐다.

'어그로 끌기 쉽다더니.'

빛의 성웅이 말한 게 맞았다. 어그로를 끄는 건 어렵지 않았다.

프리징 필드를 통해 놈들을 어지럽히고 탱커들이 어그로를 끈다.

프리징 필드는 공격계 마법이 아니라 디버프형 마법이다.

얼음계 마법사들이 구사하는, 상대의 움직임을 느리게 만들고 판단력을 흐리게 만드는 디버프.

효과 자체가 탁월하지는 않지만 어그로를 끌 확률이 거의 0에 가까운 초급 마법이었다.

김경수가 말했다.

"지금입니다."

강하나와 변도현이 동시에 외쳤다. 그 둘의 마법 타이밍은 절묘하리만치 똑같았다.

"아이스 스피어!"

"아이스 스피어!"

불덩어리들의 이름은 '파이라'.

놈들은 불덩어리이면서 불덩어리를 쏘아내는 공격을 하는, 굳이 분류하자면 '원소계'에 속하는 몬스터다.

신희아가 외쳤다.

"솔로잉 실드!"

불덩어리 몇 개가 김경수를 비롯한 탱커진에게 쏟아졌고 신희아가 솔로잉 실드를 펼쳤다.

"솔로잉 실드!"

불덩어리 공격이 탱커들에게 적중되기 직전에 솔로잉 실드를 잠깐 펼치고, 또 다른 플레이어에게 솔로잉 실드를 계속해서 펼쳐 줬다.

멀티 실드 한 번을 펼치는 것보다 체력 소모도 크고 컨트롤도 어렵지만 신희아는 그리 힘들지 않게 그것을 해냈다.

강하나의 눈이 파이라들을 향했다.

'확실히……!'

빛의 성웅이 말했었다. 놈들은 공격을 할 때마다 조금씩 줄어든다고. 세 번만 공격하면 공격 불가능한 상태가 된다고 했다.

변도현이 킥킥 웃었다.

"이거…… 엄청 재미있네."

불덩어리들은 얼음계 마법에 취약했다. 한 번 얻어맞을 때마다 그 크기가 급속도로 줄어들었다. 거기다 놈들이 공격을 하면 더더욱 작아졌다.

불덩어리를 더 이상 뱉어낼 수 없는 파이라는 더 이상 위협적이지 않았다.

변도현은 신이 난 것처럼 보였다.

"킬킬킬! 죽어랏!"

변도현의 주위로 '아이스 스피어' 여러 개가 생겨났다. 그것들은 마치 따로따로 조종되는 것처럼 파이라들을 향해 쏘아졌다.

변도현은 낄낄대고 웃었다. 그의 웃음이 커지면 커질수록 파이라도 빠르게 소멸됐다.

변도현이 변태처럼 웃고 있을 때에 강하나는 또 다른 몬스터 게이트, 그러니까 신희현이 클리어하고 있는 스테이지 4의 4번 게이트를 쳐다봤다.

수인을 맺고 있던 그녀는 순간 집중력을 잃었다.

'뭐지……?'

수인이 흐트러졌다. 뭔가 알 수 없는 일이 벌어져 있었다.

신희현이 하늘을 올려다봤다.

'곧 나타나겠지.'

라이토와는 다른 형태다. 단일 개체가 아닌.

—저놈이야? 저놈 죽여 버리면 돼?

—무, 무서운데? 괘, 괘, 괜찮을까?

—너희들을 위험에 빠뜨릴 수는 없다. 내가 먼저 공격하겠다.

—…….

다수의 보스 몬스터가 나타났다. 이러한 형태도 존재한다.

저 보스 몬스터를 통틀어서 '카일'이라고 부른다.

라이토와 마찬가지로 전체적인 형상은 인간의 형태에 가까운데 등에 기다란 팔이 두 개 더 달려 있는 형상이다. 거기에 입이 양옆으로 쭉 벌어져 굉장히 컸고 귀도 뾰족했다.

—내가 할게! 내 불로 조져 버리면 어렵지 않을 거야!

거기에 더해 의사소통 체계도 가지고 있었는데 그것이 알림을 통해 신희현의 귀에도 들렸다.

'저놈이 레드.'

저 네 마리의 몬스터는 쌍둥이라고 해도 믿을 만큼 비슷했는데 두드러진 차이점이 하나 있다.

바로 머리카락 색깔이다. 허리까지 치렁치렁 늘어진 머리카락의 색깔이 붉은 놈이 레드 헤어 카일이다.

불 계열의 공격을 사용한다.

-내가 저놈을 처부숴 버리겠어! 허세는 여기까지다!

신희현은 루시아에게 명령을 내렸다.

'검은 놈의 심장을 노려.'

인간 형태의 몬스터는 대부분 약점이 정해져 있다. 심장과 머리다.

'알겠습니다.'

-무, 무서워! 도, 도망가고 싶어!

줄행랑을 놓고 있는 몬스터가 바로 옐로다. 옐로 헤어 카일.

'순서가 정확한지 잘 기억이 안 나네.'

과거에는 무시무시한 몬스터였다.

놈들의 레벨은 약 250 정도.

과거 기준으로는 천재지변과 다름없었다. 지금도 커다란 피해를 입었다고는 하지만 과거와 비교하면 애교 수준이다.

어쨌든 놈들에게도 공략법은 있었다.

순서가 정확히 기억이 안 나서 그런데, 저 네 마리의 심장을 일정 순서대로 공격하면 놈들은 정신을 잃는다. 그리고 나서 모종의 방법을 취하면 클리어가 쉽게 진행된다.

블랙, 옐로, 블루, 레드. 이 순서였던 것 같은데.

'아무렴 상관없지.'

공략법이라는 건 사실 몬스터를 쉽게 잡기 위한 한 가지 방법이다. 공략은 단 한 가지만 있는 것도 아니며 공략이 필요하지 않은 경우도 있다.

탕!

루시아가 발포했다.

−브, 블랙!

−이 개새끼! 죽여 버린다!

−안 돼!

루시아의 총성이 터짐과 동시에 검은색 머리카락을 가진 카일이 땅으로 떨어져 내렸다. 즉사는 아닌 듯했지만 정신을 잃은 건 틀림없었다.

레드 헤어 카일이 땅에 착지한 뒤 이쪽을 향해 달려들었다.

−죽여 버린다아아아아아!

루시아가 단도를 슬쩍 핥았다.

"잘됐군."

아이고, 두야.

신희현은 이마를 살짝 짚었다. 루시아가 또 단도를 꺼내 들었다. 총을 발사하라는 명령을 내리지 않아서이기는 했지만.

'루시아.'

'네, 오빠. 명령만 하세요.'

카일들의 힘의 근원은 저 머리카락이다.

놈들이 공포의 대상으로 군림하고 있을 때엔 몰랐다.

머리카락이 놈들에게 힘을 공급한다. 또한 정확한 수치는 알 수 없으나 머리카락이 일정 길이 이상 존재하면 절대로 놈들을 죽일 수 없다고 알려져 있었다.

기절까지는 시킬 수 있는데 완전히 죽이려면 머리카락을 없애야 했다.

'이걸 처음 발견한 사람도 홍경식이었었는데.'

홍경식이 이걸 발견하지 못했었다면 아마도 훨씬 더 큰 피해를 입었었겠지.

원래 이 몬스터 게이트는 3년 뒤에나 오픈되는 후반기 몬스터 게이트였다.

아마도 홍경식은 초감각과 약점 간파 등의 스킬을 십분 활용하여 놈들의 약점을 알아냈을 터였다.

'놈들이 기절하면 머리카락을 잘라 버려.'

루시아의 목소리가 들려왔다.

'알겠습니다, 오. 빠!'

저 오빠에 묘하게 강세가 크게 들어갔다. 지금 루시아가 굉장히 흥분(?)한 상태라는 소리다.

루시아가 교감을 통해 정확하게 전달한 건 아닌데.

'신, 난, 다!'

라는 목소리가 들린 것 같은 묘한 착각이 들었다.

착각이겠지?

원래 총이 주 무기라고는 하지만 루시아는 단도를 잘 사용한다.

　-죽어랏!

　레드 헤어 카일이 불덩어리를 수십 다발 토해냈다. 일직선이 아니었다. 뱀처럼 꾸물꾸물 묘한 궤적을 그리며 루시아를 향해 달려들었고 루시아는 그걸 안 피했다.

　-흐흐흐, 잘됐다! 죽어버렷!

　쾅! 쾅!

　폭발음과 동시에.

　-크억!

　레드 헤어 카일이 비명을 질렀다.

　-피, 피! 피가 난다고! 피가! 으아아악!

　루시아는 생채기 하나 입지 않았다. 기본적인 레벨 격차가 너무 심해서 그렇다.

　푸욱!

　루시아의 단도가 레드 헤어 카일의 심장을 찔렀다. 레드 헤어 카일은 블랙 헤어 카일과 마찬가지로 정신을 잃었다.

　신희현은 고개를 절레절레 저었다. 루시아가 씨익 웃고는 레드 헤어 카일의 머리카락을 썩둑 자르고 있었는데, 뭔가 기뻐 보였기 때문이다.

　신희현은 라비트도 소환했다.

　"아니, 저 천둥여자가 칼을 들고 설치고 있는 것이오?"

라비트는 주먹을 불끈 쥐었다. 옐로 헤어 카일이 게이트 안으로 도망치려 했다.

—이, 이상한 놈이 또 나타났어. 도망칠 거야. 도망칠 거라고!

라비트가 재빠르게 그 뒤를 쫓았다.

"천둥여자에게 질 수는 없는 법이오!"

사방에서 번개가 내리쳤다. 자연재해 정도의 번개는 아니었다. 옐로 헤어 카일이 쏟아내는 뇌전은 그만큼의 강력함을 품고 있지는 않았다. 축소판 번개 정도 되겠다.

누군가를 정확하게 노리고 있는 건 아니었다. 도망치면서 여기저기 아무렇게나 마구 쏟아냈다.

"마틴."

마틴이 신희현 앞을 가리고 섰다. 마틴이 번개 하나에 얻어맞았다.

"형님, 이건 너무 약한데요?"

그랬다가 고개를 저었다.

"그래도 형님이 맞는 것보다는 제가 맞는 게 낫죠."

딱히 어그로를 끌지도 않았다. 그냥 대충 얻어맞았다. 이 정도는 무슨 스킬 같은 게 필요하지도 않았다.

블루 헤어 카일은 시작부터 끝까지 별다른 말이 없었다. 한마디 말도 못 하고 기절해서 쓰러졌다.

신희현은 한곳에 놈들을 모았다.

"제가 자르겠습니다, 오. 빠."

라비트의 수염이 바르르 떨렸다.

"야, 양보하겠소. 천둥여자가 무서워서 그런 건 아니오."

마틴도 식은땀을 흘렸다.

"누님 뜻대로 하세요."

그리하여 루시아가 놈들의 머리카락을 전부 잘랐다. 머리카락이 잘려 나간 놈들은 하급 몬스터와 별반 다르지 않다. (애초부터 약하긴 했으나.)

마무리도 루시아가 했다. 깔끔하게 단도로 끝냈다.

이 모든 것에 걸린 시간은 불과 3분. 신희현은 옆을 쳐다봤다.

'확실히 잘하고 있네.'

헤라클레스와 학살자, 그리고 마녀는 역시 뛰어난 실력을 갖고 있었다.

최후의 던전에 입성했던 결사대의 실력자들만큼은 아니어도, 적어도 이 시기에 있어서만큼은 발군의 실력을 자랑하고 있었다.

'거기에 희아와 강철이, 민영이의 서포트가 있으니.'

도와주지 않아도 될 것 같았다. 타 파티와의 연계도 연습시킬 겸 그냥 두고 보기로 했다.

'한…… 20분 정도 걸리려나?'

그래서 편안히 쉬기로 했다.

[노블레스 등급 클리어로 인정됩니다.]

신희현은 어깨를 으쓱했다. 이럴 줄 알았다.

'과거와 똑같은 보상이 나오려나.'

공식적으로 인정된, 혹은 사람들에게 밝혀진 '노블레스 등급 클리어'는 해봐야 20개가 채 되지 않는다. 10년의 세월 동안 말이다.

그리고 그중 이 4번 게이트가 바로 그 노블레스 등급 클리어를 줬던 곳이다.

길잡이 홍경식이 놈들의 약점을 빠르게 파악했고 덕분에 빠르게 클리어했었다.

'이번에도 그게 맞다면……'

예전부터 생각했었는데 요즘은 그런 생각이 더 확실히 되고 있다.

[보상이 선정됩니다.]

보상이 선정됐다. 선택할 수 있단다.

1번 선택지는 '이그릴 펜던트', 그리고 2번 선택지는 '아르포스 펜던트'였다.

둘 모두 신희현이 익히 알고 있는 펜던트였다.

'이그릴과 아르포스라.'

그리고 신희현의 예상은 보기 좋게 들어맞았다. 신희현은 아르포스 펜던트를 선택했다.

'확실해.'

과거에는 잘 몰랐는데 이 이상한 시스템은 한 가지 거대한 물줄기를 따라 흐르고 있다.

'고대 유적'에 이어 '고대 동굴'로 이어진 히든 던전.

거기에 더해 '노블레스 등급 클리어'로 인한 아이템 보상들.

'마치…… 미래를 미리 준비할 수 있도록…… 노블레스 등급 클리어가 존재하는 것 같다.'

예전에는 짐작이었는데 이제는 거의 확신이다.

4번 게이트는 원래 대단위 몬스터가 군집을 이루어 쏟아져 내리는 게이트.

그것을 대비하기 위해 헬카르토 강화석이 주어진 것 같다.

'지저의 천공을 대비해 스카일이 주어졌고.'

그 스카일을 위해 켈트 던전이 존재했던 것 같다. 그러한 수순을 밟아가고 있다.

과거의 노블레스 등급 클리어 보상은 미래의 어떠한 것을 수월하게 클리어할 수 있도록 도와준다.

'과거에는 그러한 아이템들을 각각의 플레이어가 하나씩 가졌었다.'

지금은 그 아이템들을 신희현이 가지고 있다. 물론 사용한 아이템도 있다. 바로 퓨리어스다. 하나를 사용해서 '불의 씨앗'과 맞바꿨다. 그래도 괜찮다.

퓨리어스는 아직 4개나 더 있다. 강민영, 신강철, 신희아, 강유석이 하나씩 갖고 있으니까.

'이 아이템들과 보상들이 합쳐져서…….'

그래서 결국은.

'결국은 모든 것이 최후의 던전을 향하고 있어.'

노블레스 등급 클리어는 결국 최후의 던전을 향해 가장 효율적으로 걸어가는 길이 된다는 소리다.

'그리고 이번엔 아르포스 펜던트야.'

이후에 있을 '레밋 던전'에 분명 커다란 도움이 될 거다.

신희현이 생각을 끝냈을 무렵.

초감각에 뭔가가 걸렸다.

'응……?'

초감각에 걸린 건 강하나의 시선이었다. 뭔가 묘하게 복잡 미묘한 시선이었다. 그럴 수밖에 없었다.

강하나는 이해할 수 없었다.

"왜 안 나타나요?"

또 물었다.

"몬스터 게이트는 어디 갔어요?"

그녀의 상식으로는 아예 인지 자체가 안 됐다.

스테이지 1을 클리어하는 동안 스테이지 4의 보스 몹을 클리어한다? 그런 건 아예 생각조차 못했다.

변도현이 낄낄대고 웃었다.

"역시 빛의 성웅은 장난 아니네!"

뭐가 그렇게 기분이 좋은지 키득키득 웃다가 휘파람을 불었다.

"그 짧은 시간 동안 보스 몹을 잡아버리다니. 정말 어마어마하군요."

"……."

강하나는 아무런 말도 못했다.

'설마, 진짜, 리얼로 그런 거야?'

아무래도 그런 것 같았다. 스테이지 1을 클리어하고 그대로 두면 며칠간의 여유가 생긴다.

그 스테이지 1을 클리어하는 동안 그녀는 신희아와 신강철, 그리고 강민영의 연계와 능력에 이미 충분히 놀랐다.

이들의 팀워크는 군더더기 없을 만큼 깔끔하고 완벽했다. 서포트도 좋았고.

그래서 더 이상 놀랄 게 없다고 생각했었는데.

강하나가 입술을 살짝 핥았다.

"이 오빠 뭐야?"

물론 나이는 내가 더 많지만.

그 말은 삼켰다. 너무 세니까. 그러니까 오빠다.

강민영이 배시시 웃으면서 신희현과 팔짱을 꼈다.

"오빠, 클리어한 거야?"

"응."

"등급은?"

"노블레스."

헤라클레스의 김경수는 고개를 끄덕였다.

역시, 빛의 성웅은 노블레스 클리어가 아니면 이상하다.

강하나와 변도현은 멘붕(*멘탈 붕괴) 상태에 빠졌겠지만.

김경수가 고개를 한 번 꾸벅 숙여 보였다.

"수고하셨습니다."

신희현은 이곳에 베이스캠프를 구축했다.

"안전지대 확립."

길잡이 전용 스킬로 안전지대를 만들 수 있다.

길잡이 본인의 레벨보다 높은 몬스터 혹은 안전지대를 뚫고 들어올 수 있는 특수 능력을 가진 몬스터가 없다면 제법 안전한 구역을 만들 수 있다.

백 프로 완벽하다고 보기에는 힘들었지만 불침번을 세운다면 어느 정도 쉴 수 있는 구역이 마련된다.

신희현은 인벤토리에서 텐트를 꺼냈다. 텐트가 무려 4개나 나왔다. 거기에 버너도 나왔다. 각종 요리 재료가 나오고, 손을 씻을 수 있는 세면 용품들과 수건도 나왔다.(물은 강유석이 만들어주면 되니까 따로 챙기지 않았다.)

여기까지는 '아이템'이 아닌 실생활 도구들이고, 뒤이어 아이템도 몇 개 꺼냈다.

물이 필요 없는 샤워 부스를 꺼냈다. 횟수 제한이 있는 소모성 아이템이다.

'따뜻한 장판'도 몇 개 꺼냈다. 따로 연료 공급이 없어도 내구성이 남아 있는 한 텐트 안을 따뜻하게 덥혀줄 거다.

뭔가가 끊임없이 쏟아져 나왔다. 3일 정도는 여기에 있어야 하니까 미리 준비를 해왔다.

신희현은 문득 시선들을 느꼈다. 어깨를 으쓱했다.

"이 정도는 다들 챙기는 거 아닌가요?"

"……."

다들 아무런 말도 못했다. 심지어 강민영조차도 아무런 말도 못했다.

그저 우리 오빠 대단하다며 미소를 지었을 뿐이다.

하루가 지났을 때, 강하나가 뭔가 이상함을 발견했다.

"그런데…… 뭔가 이상하지 않아요?"

to be continued